花开的方向

包利民 著

天地出版社
TIANDI PRESS

图书在版编目（CIP）数据

花开的方向 / 包利民著. — 成都：天地出版社，2021.03（2022.5重印）
ISBN 978-7-5455-6138-8

Ⅰ.①花… Ⅱ.①包… Ⅲ.①散文集—中国—当代 Ⅳ.①I267

中国版本图书馆CIP数据核字（2020）第221683号

HUA KAI DE FANGXIANG
花开的方向

出品人	杨　政
作　者	包利民
责任编辑	孙学良
插图绘制	柠檬漫游
封面设计	赵海月
内文排版	四川最近文化传播有限公司
责任印制	王学锋

出版发行	天地出版社
	（成都市锦江区三色路266号　邮政编码：610023）
	（北京市方庄芳群园3区3号　邮政编码：100078）
网　址	http://www.tiandiph.com
电子邮箱	tianditg@163.com
经　销	新华文轩出版传媒股份有限公司
印　刷	北京文昌阁彩色印刷有限责任公司
版　次	2021年3月第1版
印　次	2022年5月第2次印刷
开　本	787mm×1092mm　1/32
印　张	10.75
字　数	190千字
定　价	39.80元
书　号	ISBN 978-7-5455-6138-8

版权所有◆违者必究

咨询电话：（028）86361282（总编室）
购书热线：（010）67693207（营销中心）

如有印装错误，请与本社联系调换。

目 录

第 1 辑 为你珍惜每一缕风

- 3　不想做最小的孩子
- 5　苦难是一张微笑的脸
- 9　清风流过八月
- 13　矿帽上的灯光
- 16　二十二棵钻天杨
- 18　一束滴露的花
- 21　装蚯蚓的瓶子
- 25　1998 年的一封信
- 29　为你珍惜每一缕风
- 31　被爱灌注的木杆可以撑起生命
- 33　妈，我把药买回来了
- 36　别哭，孩子
- 39　与继父之战，对抗中瓦解的心墙

48	母亲需要什么
50	奔走的脚步到底通向哪里
54	翅膀的恩赐
57	父爱无言
61	爱是永远的故乡
64	撑开幸福

第2辑 刻在新年上的笑容

69	花开的方向
73	被蜘蛛咬过的孩子
75	变矮的围墙增高的爱
78	丑姐姐，俊姐姐
83	不愿长大的理由
86	丑丑的后妈最亲的娘
97	风从花里过来香
100	母爱的圣灵
102	回　家
105	刻在新年上的笑容
108	老小孩
110	恋恋南园

113　满溪流水香
115　母亲的信
117　父亲的手
121　最美的雪人
124　生命中最珍贵的宝贝
127　永远的五瓣丁香
133　搬　家
136　炊烟串起的乡愁
139　磨盘碾过的岁月

第3辑　试卷上的一朵花

143　偶然路过你
147　一生都淡不去的悔
151　青青园中葵
153　你在谁的梦里
156　听不见的电话
159　总会有一个人在乎你
162　红尘里的坚守
165　那一天的雨
169　试卷上的一朵花

173	太公在此
176	温暖的手套
179	世间最美的房子
182	一只让人流泪的水缸
185	我憨憨的二哥
190	最美的一觉
193	父亲是孩子生命中第一座山峰
195	时间之河上的岛屿
200	被幸福注册过的苦难
205	第一次看见您的白发
209	偏　方

第4辑　谢谢你路过我的成长

215	永恒的爱
217	爱在深山野菜花
221	窗帘后太阳的笑脸
224	响在心里的声音
227	谢谢你路过我的成长
232	夜雪的声音
235	满街的高跟鞋，永远的伤痕

238　烛影摇情
240　最好的拐杖
242　用爱照亮爱
247　送你一个树坑
249　父亲是我生命的帆
254　必须要还和绝不能欠
257　电话，电话
261　绵绵思念岁月长
264　让人心疼的愿望

第5辑　别踩疼了她的影子

269　你们的地狱，我的天堂
273　别踩疼了她的影子
276　最好的书桌
278　爱是一张张的票根
281　祖母的眼镜
283　最矮的父亲最高的爱
285　母亲的戒指
287　最感人的一句话
289　妈妈，请好好活着

292	神奇的枕头
294	在废墟里守望家园
297	风般清,水般静
301	你让爱了不起
305	家庭地址
308	父亲是我心中永远的太阳
312	幸好还有希望
314	吃下带虫子的菜
317	躺着的瀑布

第 1 辑

为你珍惜每一缕风

亲情是八月里浩荡的长风，驱散我们生命中所有的酷热，让我们于清凉的感动中大步前行。无论岁月沧桑漫溚，无论生活风雨起落，只要有亲情在，我们都是最幸福的孩子。

不想做最小的孩子

有一次开家长会,发现在那些年轻的家长中,有一个年纪有五十多的男人,便以为是哪个孩子的爷爷。结果闹出了笑话,那男人是班上刘艳菲的父亲。原来刘艳菲还有两个姐姐一个哥哥,她是家里最小的孩子。现在十一二岁的孩子,大多是独生子女,一家三四个孩子的,极为少见。

闲时和刘艳菲交谈,说起家里的事,她却是有些不开心。我以为她是羡慕那些独生子女,便告诉她,现在的孩子太孤单,像她这样有哥哥姐姐多好,以后还有亲戚可以走动。可她依然没有释怀,说起自己父母年龄已经大了。我便明白了她的心思,这个孩子,觉得父母年华渐老,而自己还小,父母还要为她操心抚养她长大。是啊,想想看,别的家长到了这个年龄,基本已经要安享晚年了。

从此便多留心这个孩子,她平时也很快乐,只是总有一些瞬间会神色黯然。每天她都独自上学放学,背着大大的书包，不像别的学生那样，家长接送。她看着那些年轻的父母，眼中有羡慕，然后一步一步走向那条僻静的街道。

有一天放学，和刘艳菲同路。漫无边际地说着话，便问："你最想做的和最不想做的是什么？"她没有像别的孩子那样谈一些理想什么的，而是说："我最想做家里最大的孩子，最不想做最小的孩子！"我笑说："做最小的孩子多好，大家都宠着，是宝贝！"她转头看了一眼校门口聚集着的那些年轻的家长，小声说："做最小的孩子不好！"

我问："是不是羡慕哥哥姐姐有弟弟妹妹？你也想有？"她点头："我羡慕哥哥姐姐，他们和爸妈在一起的时间都会比我长！"那一刻，心被温柔地击中。只是这一句，就让我明白了这个孩子之前的种种不开心。忽然羡慕起自己的姐姐们来，她们和父母同在的时间比我更长。

人的一生中，与父母同在的时光有多长？就算多出一天，也是最幸福的日子。光阴如水，却淹没不了一个孩子纯真而充满爱的心。想想在世事中奔波的我们，蒙尘的心已有多久未牵念自己的亲人？面对这个孩子悠远的眼神，心中泛起一阵又一阵的涟漪。

苦难是一张微笑的脸

他七岁那年,卧病在床三年的母亲便去世了。父亲每日拼死拼活地去山上扛石头,支撑这个摇摇欲坠的家。而他的弟弟刚四岁,天天哭着要妈妈,他便带着弟弟去山上玩儿,让弟弟于游戏中忘记妈妈。回到家里,他先做好饭,再温上水,以便晚上帮父亲清洗被石头磨烂的肩膀。

十二岁的时候,他毅然地放弃了读书,和父亲一起去山上扛石头。他小小的身躯在石头的重压下艰难地移动着,可他从不喊累,为了这个家、为了弟弟。弟弟此时已上小学了,成绩是乡里最好的。每天放学,他像哥哥当年那样把饭做好。

十七岁的时候,由于他和父亲的辛苦劳作,家里的条件已经有了很大的好转,弟弟也去乡里读初中了。可是还没等他喘口气笑一笑,一场灾难便又降临了。父亲在扛石头下山时一脚踩空摔了下来,而那块上百斤的石头砸在了他的身上，还没送到医院便闭上了眼睛。刚刚露出了一点阳光的天空瞬间又是阴云密布。弟弟要辍学，他说什么也不让，对弟弟说："你好好读书吧，要不咱世世代代都要扛石头！"弟弟含泪回了学校。

十九岁的时候，他被石头砸废了一只脚，从此再不能扛石头了。他便到了乡里，推着一个小板车捡破烂收破烂，靠这挣来的钱供弟弟上学。弟弟不孚重望，那年秋天考上了县一中。他便随弟弟搬到了县城。由于腿脚不利索，加上城里收破烂的人多，一开始他根本挣不了几个钱，连房租都挣不回来。想出去找份工作，由于身有残疾，根本没有人用他。后来他看见修鞋掌鞋的收入不错，便买了一套工具自己摸索着干起来。由于努力，他的技术越来越好，加上他身有残疾，人们也同情他，都到他的鞋摊上修鞋。而他也朴实，有时小来小去的活儿便不要钱了。所以生意很好，除去房租和日常花销，供弟弟上学也有结余。

二十四岁那年，弟弟考上了省城的师范大学。收到录取通知书那天，他高兴得没有出鞋摊，破例和弟弟喝了酒，笑出了眼泪。他觉得生活终于露出了笑脸，自己的所有努力都得到了回报。可是就在去学校报到的前一天，弟弟出了车祸，从此只能生活在轮椅上了。

他一开始万念俱灰，觉得生活对自己太残酷、太不公平了。可后来一见弟弟颓废的样子，他便重又鼓起了勇气，他对弟弟说："别怕，弟弟，我推你去上学！"于是兄弟二人又搬进了省城，他每天推着弟弟去学校，然后就在校门口摆修鞋摊。每隔两个小时去校内推弟弟上一次厕所，晚上再把弟弟推回在校外租住的小屋里。

这是发生在我身边的事。刚听说时我还不相信，认为就算生活再残酷，也不会把所有的苦难加在一个人身上。直到有一天我在省城师大门前见到了这兄弟俩，当时他正一拐一拐地一只手推着弟弟的轮椅，一手拉着身后的修鞋小车往回走。而在他们的脸上，并没有我想象中的愁苦神情，有的只是灿烂的笑容。

我问他："经历这么多的事，你怎么还能笑得出来呢？"他说："我原来也犯愁过，可是过后一想，就算我愁死也没有用，弟弟那时还小，所以我只能去面对这些了！"说完他笑了，那张穿越漫漫风尘的笑脸使我的心变得暖暖的。

人生总会有苦难，可又有谁能在苦难中露出笑脸？当我们穿越苦难回过头来看走过的路，才会觉得只有根植于挫折的人生才是最有意义的，才会品咂出一种用痛苦酿就的幸福。那从岁月深处漾出来的微笑，会扫尽你心底的阴霾，会像一盏明灯照亮你前方所有遥远的路途。用一张微笑的脸去面对苦难，那么所有的苦难终会在岁月中绽放出最美的人生！

清风流过八月

每到八月，是他最难熬的时候。他不到二十岁，体重却已突破一百公斤。不管骄阳似火，还是阴雨连绵，他都会汗出如洗。于是整日窝在室内，对着空调，不愿挪动一步。

父亲是一个旅游探险爱好者，每年这个季节，他都会出去一段时日，或徒步走险地，或去野山探古寻幽。父亲见儿子这副模样，便提议他同自己走一趟，说不但可以减肥，还可以出去散心。他一时心动，便和父亲踏上了未知的旅途。

几乎是一出去他就开始后悔，不说汽车里的憋闷燥热，下了车后，所有的路途都是步行，这可让他尝尽了苦头。起初的时候，走的是一片草原，多少还有些新鲜感。八月的草原正是一派欣欣向荣，各种动物出没，确实增添了不少情趣，让他一时忘了疲累。可是没过多久，草原走过去，面对越来越荒凉的大地，他疑惑不已。

当一胖一瘦两人走进沙漠，八月的太阳才显出真正的威力。他几度坐在滚烫的沙子上，是父亲硬将他拖起。父亲的确厉害，二百多斤的重量，一只手愣是拽了起来。不知过了几日，带的清水所剩无几。他开始惊慌，没有了水，在一望无边的沙漠里，意味着什么。父亲似乎也不如先前镇定，这更让他惴惴，并极度后悔此次出行。

这一日，视野中出现了稀奇的东西，那是一小群骆驼。他心神为之一振，父亲也来了精神，给他讲解着眼前这一小群骆驼，说这是一个家族，并指出哪个是父亲、哪个是母亲、哪些是孩子。他听得津津有味，同时也为父亲的渊博而由衷钦佩。父子两个跟着骆驼群慢慢地走，仿佛也没有那么热那么渴了。渐渐地，他有了疑问："爸爸，骆驼是沙漠之舟，怎么它们走得无精打采的？"父亲也发现了问题，仔细观察了一会儿，说："它们有麻烦了，它们身体里的储存似乎耗尽了，看它们现在的样子，似乎正在寻找水源，咱们跟着走吧！"

他涌起了希望，听说骆驼对水的敏感度是极高的，一想到水，身体里就像着起了火一样。终于，父亲的猜测被验证了，一头小骆驼倒地身死，它的亲人们用沙子盖住它的身躯，便又继续向前，只是速度明显比刚才快了。跟出了半天的时间，忽然，骆驼的速度更快了，父亲叫上儿子："快，它们可能找到了！"他一下子鼓起力气，大步向前。

骆驼群终于停了下来，父子俩也远远驻足。那些骆驼围成了一个小圈，都向前俯身探头。有水！他几乎就要冲过去了，父亲拉住他："你想把骆驼吓跑，全害死？"他用力咽了口唾沫。那些骆驼围了一会儿，就急躁起来，似乎并没有喝到水。由于距离有些远，他和父亲并没有看到水。只好远远地观望，骆驼们忽然又聚在一起，头碰头地，不知在做些什么。过了一会儿，所有的骆驼都轮流用头碰一只骆驼的头。那只骆驼，正是父亲口中所说的父亲。

然后，骆驼又散开，围成一小圈。忽然，远远地传来嗵的一声。他们看见有水花高高溅起，在阳光下闪出一片诱人的光亮。那个骆驼父亲跳进水里了！其余的骆驼都仰起头，然后又俯下身去。过了许久，骆驼们站起身，开始赶路，它们走得很慢，不时地回头张望。

直到它们没了踪影，父子二人才走过去。那里果然有水！一个小小的湖。确切地说，应该是一个井的样子。原来那些骆驼够不着水面，才会以牺牲一头骆驼的代价来拯救全体骆驼。两个人站在那里呆住了，经过骆驼们的一通进补，水面又极低了，依然可以看见水底那个骆驼父亲的尸体。他忽然问父亲："爸爸，这种情况下，你会不会像那个骆驼父亲一样,跳下去使水面升上来,让我喝到水?"

父亲一愣,抚了抚儿子的头,脱了鞋。他一惊,说:"爸爸,你还真要跳呀?咱们可是有智慧、会使用工具的万物之长——人类!"说着,从背包里翻出衣服裤子,系在一起。父亲见了,说:"你还智慧呢!咱们有绳子,拴在水壶上,放下去就能灌满水了!你还想用衣服往上绞水呀?"

打上来的第一壶水,他恭敬地递给父亲。有风吹过,他忽然觉得不那么渴了。这一刻,他一点后悔的心思都没有了,反而有些庆幸。如果不是出来这一遭,他不会明白父亲对他的爱。他知道,遇到更艰难的境遇时,父亲一定会将生的希望留给他。他在心中,将这个八月称为神圣八月。

矿帽上的灯光

上大学时,我们班有个叫林朝然的同学,他来自山西。记得刚入校的时候,每个人都要做自我介绍,他的介绍最是惹人注意,因为他说了这样几句话:"我的爸爸和哥哥给我的爱是最深的。我相信,他们对我的爱要比你们所有人得到的爱更深!"

当时我们都想,天下的父母,哪个对孩子的爱不深?林朝然这样说真是坐井观天了。后来渐渐熟悉,知道了他的家境很贫寒,父亲和哥哥拼了命也要供他上学读书。于是我们渐渐理解,他说亲人的爱最深也是可以理解的。毕竟,他的亲人的确为他付出了很多。

只是林朝然从没有对我们说过他父亲和哥哥做什么工作。问他,他也笑而不答。问急了,他就说:"不管他们做什么工作,对我的爱都是最深的!"我们便笑,说他不忘本。那时他常给家里写信。有一次,我们俩都坐在教室里写家书,他写了四五页,自己看了一遍,自言自语地说:"我爸和我哥在昏暗的灯光下看我的信,一定比歇了一整天还有精神!"我微笑,这个林朝然,真是可爱。

大三那年暑假,我们提议去林朝然家,他欣然同意。一路上我们都处于兴奋之中,他多次提到的爸爸和哥哥,就要活生生地站在眼前了,我们也要感受一下天下最深的爱。他家在一个普通的小镇上,家里没有人,他说:"我爸和我哥还没有下班!"我们问:"你妈妈呢?"他说:"在我七岁时就去世了!"我们一时呆住了。他看了看表,说:"他们快下班了。走,我带你们去他们工作的地方看看!"我们立刻动身,这份神秘的工作也要揭开面纱了!

小镇外都是矿山,林朝然带我们来到一处煤井前,说:"我爸和我哥就在井下挖煤,一会儿就会上来了!"我们再次惊讶,都明白在井下工作的艰辛与危险。忽然记起那次林朝然写完信说的话,明白了那昏暗的灯光一定是指他父亲和哥哥矿帽上的灯光。他们在短暂的休息时间里,在黑暗的坑道里看儿子和弟弟的信,该是怎样一种欣慰的心情啊!

过了一会儿,井下的人陆续上来了,全身都是黑黑的。有两个人走到我们面前,林朝然对我们说:"这就是我爸和我哥!他们就在这口深近二百米的井下工作。他们在这样深的地下拼命干活,就是为了供我上学,所以我才说他们的爱是最深的!"那一刻,我们全都释然。这样深的井,这样深的爱,是的,林朝然说得一点儿都不夸张!

我们纷纷上前,去拥抱世界上最值得尊敬的爸爸和哥哥!

二十二棵钻天杨

我七岁时全家搬到了另一个村子。那个村子更穷,破败的草房,荒芜的土地。只是树特别多,几乎每家的房前屋后都长满了树,是那种高高的钻天杨。

住了一段日子,邻家夫妇喜得贵子,我们都去祝贺。当时正是春天,他们一家人正在前面的园子里栽树苗。父亲上去帮忙,一边栽一边问:"怎么栽这么多树啊?"男主人笑着说:"我们这里穷,孩子长大后没什么钱给他们办婚事,所以谁家生孩子都栽树,栽二十二棵,因为一般孩子到了二十二岁就该成家了。那时树也成材了,或卖些钱,或打些家具。当父母的能做的也只有这些了!"听了这话,我飞快地跑出院子,在有树的人家数着,果然大多是二十二棵,四十四棵、六十六棵的也有。而有的人家的树已伐去,只留下树根在那里,那一定是孩子已长大成家了。那以后,我对满村的钻天杨有了一种莫名的好感。

后来我家搬进了城里,有好多年没有回过那个小村子。只是听说那里的人现在都富了，家家种水稻，有的人开砖厂，连小车都有了。我想，那些钻天杨一定早已伐光了，也再没人栽了，因为人们已不再缺钱了。

去年我终于回去了一次，参加一个亲戚家孩子的婚礼。车还没进村子，我便看到了整个村子仍在绿树的环绕之中，心忽然就充满了感动。亲戚家当年栽的树伐掉了，我问做了什么，亲戚的孩子指着满屋的家具说："成了这个了！"我问："你们不是有钱了吗？怎么还伐这些树？"亲戚说："这已经成了我们这里的一种习俗了，孩子们也愿意用这树打家具，说能感受到父母的爱心！"说完，他笑了起来。我在村里转了转，果然，生孩子栽树的习惯一直保留着。

回来后，那个绿荫拥簇的小村在我心中更是挥之不去了。在我的眼中，那是一个被爱包围着的天堂。那份父母对孩子的爱，就像那些钻天杨一样，年年生长，即使被伐倒，也要为孩子做最后的贡献。人间的这份亲情，就这样世世代代延续下来，就像年年有人栽钻天杨。只要有春天来临，那份爱就不会消失！

一束滴露的花

樱子是我的表妹,她随父母从乡下搬到城里时,正是十八岁,花一般的年华。她在下面的镇上读完高中,就告别了学生时代。在城里,她在火柴厂工作,每日里忙忙碌碌,将她未经浸染的清纯在这都市中静静地绽放。

在这样美丽的年龄里,爱情也像一只蝶悄悄飞临樱子的心。她那种出尘的美丽,不知吸引了多少少年的心。有一个小伙子,用最浪漫的方法打动了樱子的心。他每天都等在樱子必经的路口,为她献上一束火红的玫瑰。在乡下长大的樱子,哪曾有过这种传说中的经历?而且在那个年代,鲜活的玫瑰全城只一家花店有售,价格昂贵。终于,樱子的爱情也如玫瑰般绽放了。那些日子,她在梦里都会被氤氲的馨香所包围。她在淡淡的喜悦之中,嗅到了爱情最甜美的味道。

可是好景不长,樱子最纯美的初恋却遭遇了欺骗,仿佛只是刹那间,那些用盛开的玫瑰构筑的殿堂便已成了一片废墟。而樱子也像被瞬间抽干了水分,丧失了青春的活力,工作不要了,终日闷在家中,终于一病不起。她已深刻地体会到城市繁华背后的冷漠与残酷,对生活也失去了信心和美好的希望。她每日里卧在床上,看着窗外灿烂的阳光,心境却黯淡无比,人也一天天地憔悴下去。

父母轮番开导她,我们也常去陪她说话,可终究改变不了她眼中那份失望的黯然。父母的心里滴着血,却又无计可施。那个夏天,这个家庭中充满着失落和伤感。有一天清晨,樱子从睡梦中醒来,每每这样的时刻,她都会恨自己为什么会醒来。向窗外望去,却见一束野花插在玻璃瓶中,五颜六色,花瓣上的露珠在朝阳下晶莹无比。那一刻,她的心动了一下,随即想起曾经的那些玫瑰,那一根根刺仿佛都扎进了心里。她竟不敢再向那束野花望上一眼,怕那份刺痛再度苏醒过来。

接下来的每一天,在清晨张开眼睛,都会有一束鲜艳的野花,带着露珠静静地绽放在窗前。日复一日,樱子心中的刺痛渐渐淡去,有一种温暖带着芬芳慢慢浸染着生命。那个早晨,樱子醒得极早,父母都不在。过了一会儿,她听见院门响动,抬眼望去,却见父母正走进来,他们的裤腿上都湿漉漉的,而父亲的手里紧紧地握着一把野花,点点的露珠正在滴下。她忽然明白,父母每天起大早去那么远的郊外，蹚着那么重的露水，就是为了给她采一束野花回来。她闭上眼睛，心中涌动着巨大的感动。她听见母亲来到窗前，拿走了那个瓶子。过了一会儿，芬芳的花香便弥漫开来。她睁开眼睛，花朵上的露珠在泪光中璀璨无比。

樱子终于平复了心底的创伤，她忽然在那一刻明白，那种最深沉而伟大的亲情，才是生活中最温暖的阳光。就像那些玫瑰，虽然华美，却永远也没野花有生命力。她没有再去火柴厂上班，而是进了一所中学的补习班。在时隔近两年之后，她重新捧起了书本。又过了两年，她考上了省城的师范大学。她时常对我说起，父母的爱才是生命中最美的露珠，涤尽她心上的蒙尘，让生活温润而灿烂。

是的，就算全世界都抛弃了你，亲情也会是你最后的温暖与依靠。那份眷眷的深情，就如滴滴透明的甘露，滋润着绝望与黯淡，使枯萎的重新鲜活、凋零的再度盛开。只要我们能时时感受到那份爱，就会永远拥有一颗滴露之心，将生活温润得美丽无比。

装蚯蚓的瓶子

那一年,我在一个极偏远的小村当代课老师。那时的生活条件比较差,由于远离城市,人们的观念也很落后。由于贫穷,许多人家的孩子都早早下地干活了,就算想让孩子上学也供不起,虽然学费并不多。

在我的班上,有个叫谢小强的学生,十二岁,家里极穷,母亲长年卧病,早些年吃药看病的,欠了不少外债,使得本来就不富裕的家更是雪上加霜。可是他母亲的病却一点也没见好。虽然贫困至此,他们却极力让孩子上学。在这一点上,小强的父母比村里许多人都强。而小强也很努力,成绩虽不是最好的,但也属于上等。

那年春天,小强的妈妈病情加重。由于再无钱看病买药,小强的爸爸便开始四处收集民间的土方偏方,也不管有没有效果,弄到了就让小强妈妈服下去。他们只能把希望寄托在这些偏方上了,而小强妈妈的病还是在继续恶化,这让小强和他爸爸都非常着急和恐慌。

有一天傍晚，我去村外的野甸子上散步，忽然看见小强拿着一柄四股叉在挖地。我感到奇怪，便过去问："小强，你在挖什么呢？"

他说："老师，我爸从前村找到一个偏方，说是有一个和我妈得一样病的人就是吃这偏方治好的。可是这个偏方要一百条黑蚯蚓做药引子，我挖蚯蚓呢！"

野甸上蚯蚓极多，可黑色的却是极少。那个傍晚，小强费了好大的劲也只挖到两条，他却兴奋地说："没事，我天天来挖，有一两个月怎么也凑够一百条了！"他充满希望的神情让我动容。

从那以后，小强果然一有时间就去甸子上挖蚯蚓，不管中午还是晚上，不管刮风还是下雨，只是，这种黑蚯蚓实在是太少了，有时一连好几天也找不到一条。可他一点儿也不沮丧。他相信总会有一天，一百条蚯蚓会捕够的。

我曾去过一次小强的家。那天他妈妈的精神状态很好，斜倚在炕上和我说了许多话。我发现她说话和普通的农村妇女很是不一样。一问才知，她居然是高中毕业的！难怪她那样积极支持小强上学。后来，她指着窗台上一个大大的敞口玻璃瓶子，对我说："小强挖回来的蚯蚓都养在那里呢！"

我过去看，瓶子里装了大半瓶土，有一些蚯蚓在里面翻动。我真的怀疑这个偏方是否真能对她的病有疗效。她似乎看出了我的心思，说："我知道这些偏方都是没用的，他们找来了我就吃，给孩子一个希望呗！看他每天充满希望地往甸子上跑，总比在家看着我半死不活的样子好！"

转眼三个月过去了，小强仍没能凑够一百条黑蚯蚓。他对我说："我总觉得应该够了，可一查总是差上许多。我再加把劲儿，很快就够了。那时妈妈的病就能好了！"

想起小强妈妈的话，我没有告诉小强早就想告诉他的办法。那就是把蚯蚓弄断，慢慢地一条就会变成两条。数量是不重要的，重要的是给他以希望。

可是，小强的妈妈终究没能等到他凑够一百条黑蚯蚓。在那个秋天，她还是走了。小强哭得天昏地暗，一边哭一边说："都怪我，都怪我！我要早挖够了一百条黑蚯蚓，我妈就不会死了！"

从那以后，小强变得沉默起来，每天都生活在深深的自责之中。有时我想劝劝他，可是又不知该说些什么。

第二年的春天，当草木都发芽的时候，有一天小强忽然让我去他家。在他家的后园中，他用四股叉挖了几下，竟有许多黑蚯蚓在泥土间钻来爬去，何止百条！

小强说："其实，去年我抓到的那些黑蚯蚓早就超过了一百条，我妈总是偷偷地拿出几条扔到后园里，所以我总是凑不够。这是我爸后来告诉我的。我妈说她的病是治不好的。让我每天出去挖蚯蚓，就是想让我心里有希望……"

他没有哭。我知道，这个孩子在母亲对他深深的爱中，已经变得坚强了。他给我看那个曾经装蚯蚓的瓶子。是的，就是这个瓶子，装满了儿子的希望，装满了母亲的牵念。那就是这世间最美丽的爱啊！有了这份爱，就算生死相隔，就算际遇再差，也足以温暖我们的一生啊！

人的一生中,与父母同在的时光有多长?
就算多出一天,也是最幸福的日子。

1998年的一封信

那一年松花江的大水涨得铺天盖地,在人们惊恐的目光中,水位已攀升至120.80米,已成为高于哈尔滨市的一条悬河。这时,人民解放军已经在松花江沿岸投入战斗,他们不分昼夜地修补江堤,将个人的安危置之度外。

那时,在岸边,常可见到百姓与子弟兵之间感人的一幕幕。由此,报社的领导决定,要多与解放军沟通,并帮他们做些事。我们一行人来到江堤上,这里已经画了警戒线,当时正是中午,许多年轻的士兵就躺在大堤上,看样子极其疲累。是啊,每天要扛几百袋沙袋,那种强度可想而知。和他们说明了来意,赠送了一些书刊之后,我们拿出了手机让他们跟家里通个话。他们欣然接受,在电话里,他们用起了家乡的话。他们报着平安,各种口音中透着亲切和激动。后来,我看见一个十八九岁的小战士一直在旁边微笑地看着别人打电话,却不上前去。等大家打完,他才凑上来,小声对我们说:"你们有笔和纸吗?我想给家里写封信。我家在山区,没有电话!"

我拿出随身携带的采访本和钢笔递给他,他就蹲在那里写起来。我看见他的膝盖都破了,小腿在水中泡得有些浮肿,手也肿了。他艰难地拿着笔,一个字一个字地写着。这时,又有许多战士围拢过来,一些人也要求写信。同事们就把笔和纸都拿了出来。一时间,大堤上除了打电话的,就是蹲在地上写信的,江水拍岸的声音不断传来。本来,战士们写信发信都是免费的,可是由于任务紧,谁也没有时间,所以在这难得的闲暇时刻,都涌起了思乡之情。这时,我想起了一个问题,对大家说:"大家把名字和收信人的名字地址写在信后面,我们负责把信寄出去,你们就放心吧!"等信都交到我们手上时,厚厚的一沓,我感觉到了其中的分量。

寄信的工作都交到了我的手上。我买来一大堆信封邮票,小心地书写着每个战士老家的地址,用心体味着那浓浓的乡情。到最后,我发现有一封信后面,竟然没有写收信人姓名和地址!我思虑了再三,决定再去一趟江边。可当我到那里时,发现都是一张张陌生的面孔。一打听才知道,原来的队伍已紧急抽调到别的江段去了。望着茫茫江水,我也没有办法。回去后,我还是看了那封信。瞧那字迹,我头脑中立刻浮现出那个怯怯地向我要纸和笔的小战士的脸，一定是他，当初我还看了一眼他写的字。信中写道：

妈妈：

您还好吧？弟弟妹妹们也好吧？我在松花江抗洪，一切都好。洪水被我们制住了，大家都表现得很勇敢。我还要继续努力，争取有好的表现。听说过些日子要在火线发展党员，我要争取入党，让你们为我自豪。

弟弟妹妹们的生活和学习也都好吧，他们没让您操心吧？我很想他们，他们给我写的信我都看到了，一直没有来得及回信。告诉他们不要着急，等一回部队驻地我就给他们写。听他们说又多了一个小妹妹，不知她长得什么样子，喜欢咱们的家不？

您要保重身体，别太为我们操心，等有机会我回去看您和弟弟妹妹们。你们不要为我担心，我会照顾自己，奋勇向前，不落在战友们后面！时间短，就写这些，祝你们都好！

春来

信的内容颇让我疑惑，搞不清他家到底是怎么回事。

由于寄不出去,此信我就一直保存着。过了些日子,我去下游采访,竟偶然间见到了那些写信的战士,我告诉他们信都寄出去了,并急切地向他们打听那个叫"春来"的小战士。他们告诉我,不久前的一次抢险中,他不幸牺牲了。一时间大家都沉默了。良久,我拿出那封信,他们看了之后,春来的班长对我说:"他是个孤儿,他的家就是孤儿院,他信里说的妈妈就是院长,那些弟弟妹妹就是院里的孤儿们!"我的心被无言地击中,涌起一种巨大的感动。

  我把这封信给许多人看过,我想让更多的人心里都涌动着这种崇高的感动,为了春来,为了那些可爱的战士们。

为你珍惜每一缕风

她是一个很奇怪的学生,不仅仅因为她是个盲人。

在这所大学里,她也许是在户外时间最多的人。她特别喜欢有风的日子。她时常伫立在树下,听长风吹响每一片叶子。春天的时候,她在田野里追逐随风流淌的花香,在夏日的阳光下捕捉每一丝清凉的感觉,或者于收获的庄稼地里把金风记取,或于天寒地冻中享受北风夹着雪花打在脸上的微痛。

没有风的时候,她会散开头发,奔跑在无人的旷野,让长发在脑后飘扬,她用自己的速度创造了长风。在她的窗外,挂满了风铃和风车,漫漫的夜里,叮咛之声与风车的转动会进入遥远的梦中。

没人知道她为什么这样钟情于风。人们只是猜测,对于看不见世界的她,风也许能给她最直接的感触。

是的,的确是这样。在很小的时候,双目失明,黑暗的世界让她无所适从。是一阵阵的清风让她清醒,让她沉醉。在风中,她能感知到身旁的所有美好与温暖,就如自己的思绪风般飞扬,无羁无绊。

小学的时候,母亲病故。在最后的时刻,母亲对她说,孩子,不要难过,我死后就会变成风,在你的身边,无处不在。就是这样的一句话,让她对风有了更深的依恋。在风的流淌之中,她仿佛能感受到母亲的气息,仿佛能听到母亲依依的低语。她深信,母亲真的化作了风,陪伴在身畔。要不,在伤心时,风怎么会如母亲的手,为她擦干泪痕;在愤怒时,又如清水让她暴乱的心渐渐平静。喜悦时的欢快,痛苦时的轻抚,也只有母亲能够做到吧!

那个秋天,当她的情感失落在无边的肃杀之中,仿佛连心中的世界也变得暗无天日。她泪水奔涌,在草枯花谢的大地上,心也随之凋零飞散。她不顾前面的坎坷与泥泞,大步地奔跑着,跌倒再爬起,随着脚步风也大起来,吹在脸上,头脑渐渐冷却,心也慢慢宁息,宛如天地间只剩下了寂寂的足音,只剩下了不断的长风。

忽然明白,母亲真的一直都在,给她抚慰、给她温暖、给她希望和勇气。是的,只要奔跑的脚步不停下,风就不会停下,母爱就无止境。

那一天,她回去后,听着外面的风铃声声入耳,在日记中写下这样一句话:妈妈,我会为你珍惜每一缕风!

被爱灌注的木杆可以撑起生命

那年秋天发大水,由于夜里江堤决口,附近的几个村子都变成了一片汪洋。村里的大部分居民都已转移,只有一小部分还没来得及走,县里组织救援队连夜赶去救人。

当大小船只到达那里时已是凌晨,呼救声从四面传来,大家便分头去营救。当天放亮时,许多人都已被救起并转移走,剩下的船还在四处搜寻。忽然,大家听到一阵小孩的哭声,立刻开船向哭声传来的方向驶去。那边是一个小村子,地势最低,许多房屋连影子都看不见了。在晨光中,大家看见一个小孩在风浪中上下起伏着,船开足马力驶了过去。到了近前,大家看见那个孩子只有五六岁,双手紧紧抓住露出水面的一截木杆。当大家把孩子救上船时,孩子指着水面哭喊:"爸,妈!"下面还有人!人们立即去拔那截木杆,却怎么也拔不动,小孩还在哭叫着。

后来潜水员潜入水中,过了好一会儿,他浮出水面,说这是一户人家的院子,木杆下面有两个人,他拽不动。

于是大家又去拔那根木杆,当费尽力气把木杆拔出水面时,人们都惊呆了。只见木杆底部有两个人死死地搂住木杆,那小孩扑过去大喊:"爸!妈!"潜水员说,这两个人倚在断墙上,用力抱住木杆不让它倒下。小孩的爸爸妈妈早已停止了呼吸,可他们的手臂依然缠绕在木杆上,分也分不开。人们可以想象大水突然袭来时,他们怎样在惊慌中让孩子抱紧木杆,把他举出水面,而他们在水底用力扶住木杆不让它倒下。看着这一情景,所有的人眼睛都湿了。

在滔滔的洪水中,那对父母用他们最后的爱支撑着孩子的生命。那是怎样深厚而无私的爱啊!而生活在没有灾难中的我们,有谁能看到父母一直用他们的爱支撑着我们?为了把我们的生命举得更高,父母甘愿俯下身用尽他们的全力!愿高高在上的我们,能时常俯下身来,给父母以最深最深的敬意!

妈,我把药买回来了

那个六月的上午,冬子走出家门的时候,心里很是兴奋。因为妈妈终于让他出来做事了,这还是第一次。虽然他已经十二岁了,虽然他已经上小学一年级了。

就在十分钟之前,卧病在床的妈妈把冬子叫到身边,说:"妈妈头疼得厉害,你去帮妈妈买盒药!"然后妈妈将药名重复了十遍以上,让冬子记住。又叮嘱他先去鞭炮厂找爸爸要钱,再去药店,路上注意避开车。临出门前,妈妈还告诉他:"一定要买回来,别买错了,要不妈妈就疼死了!"

冬子轻快地向鞭炮厂走去,边走边背着药名,怕忘记。找到爸爸,爸爸给他拿了钱,并夸奖了他,又细心地嘱咐一番,才让他离去。顺利地买了药,冬子想了想,觉得应该把剩下的钱给爸爸送回去,便又回到了鞭炮厂。他心里很是激动,终于能帮妈妈做些事了。走进厂子大门,他右手高举着药盒,脸上的笑容灿烂无比。就在这个时候,惊天动地的一声巨响,然后就像被什么东西砸倒在地上,他忙看手上拿的药,却发现药盒没了,而且,连右手都不见了!再然后,冬子就昏了过去。

鞭炮厂仓库的大爆炸,夺走了冬子父亲的生命,也将冬子的右手化为虚无。在医院里清醒过来的时候,姑姑正坐在他身边,冬子看着秃秃的右臂大哭,喊:"药呢?我给妈妈买的药呢?"这个时候,他还不知道,自己失去了比药更宝贵的右手的后果。他对姑姑说:"我再去买药,妈妈在家头疼呢!"

出了院的冬子,才知道爸爸死了,才知道妈妈得知他们出了事情后,急痛之下发病也死了。可他却固执地认为,妈妈是没有吃到自己买的药才死的。冬子从此成了孤儿,生活在姑姑家。过了一年,冬子十三岁了,依然在上小学一年级。每天放学,他都会去药店门前转悠一会儿,嘴里念着那个已经念了一年的药名。他甚至捡那些饮料瓶换钱,去买那种药。他的书包里,有许多盒药,可是却再也找不到妈妈。

十四岁的时候,冬子还在上一年级,书包鼓鼓的,除了书本就是药盒。下课的时候,他会问同学们:"你妈妈头疼吗?我这儿有药!"同学们嘲笑他,将他的药扔得满地都是,他自己慢慢地去捡。把药给不了自己的妈妈,他开始想把药给别人的妈妈了。

再后来,冬子慢慢恢复正常,终于在二十岁的时候读完了小学,又用了一年的时间读完了初中,用两年读完高中,便告别了校园。又打了几年的工,其间又自学了许多药物的知识,最后在市里一家大药房当营业员,对于各种药品及其相关说明书倒背如流。

冬子出生后智力发育缓慢。医生说,要到二十岁之后才会达到正常人的标准。十二岁那一年,他的智力相当于五六岁的儿童。

每一年三月的那一天,冬子都会去父母的坟上,烧过纸,拿出一盒药和三元钱,说:"妈,我把药买回来了;爸,这是找回来的钱!"

别哭，孩子

我在哈尔滨报社的时候，社里新来了一个女大学生，叫李小然。她住的地方和我离得很近。熟悉了之后，我们下班时常一起走。

那条路很是吵闹，先是经过一所中学，下班时正赶上学校放学，学生一拥而出，一时间摩肩接踵，笑声吵嚷声不绝于耳。过了学校不远，要经一个菜市场，那是另一种喧嚣，空气中充斥着各种味道。所以每次从那条路上经过，我都会感到心烦意乱。如果逢上心情不好，则更是火上浇油。

而我身边的李小然却恰恰相反。她走在这条路上总是面带微笑，特别是在穿过菜市场之前，她都习惯地整理一下头发，脸上的笑容也更灿烂。我常笑着对她说："一看你就不喜欢上班，所以下班了才会这样开心！"有时就算她在社里生了些气，心情很糟，可她的坏心情也只会维持到过了中学。一进菜市场，她便又是笑靥如花了。我便取笑她，说她一见到吃的便什么都忘记了。

有一天，李小然在社里接了一个电话后，变得沉默起来，神情恍惚，一种欲哭无泪的神情。那一天她的工作频频出现失误，被老总当着大伙儿的面批评了一顿。下班后，我和她默默地往回走。在一起这么久，我还从没看见她这样忧伤过。穿过中学门前嘈杂的人群，在菜市场前，她停住了脚步，习惯地理了理头发，然后垂下头。过了好久，她抬起头来，脸上又漾满了笑意。走在菜市场里，她又是神采飞扬了。

过了菜市场，前面的路口便是我们每天分手的地方。在那个路口，我问李小然："发生什么事了？"她微笑着说："和男朋友分手了！"我仔细地看着她的眼睛，问："你没事吧？"她说："没事，我不会把任何的坏心情带过这个菜市场的。"我问："为什么？"她说："我以前就在前面的那个中学上学，我爸爸在这个市场里卖鱼。在我八岁的时候，妈妈就去世了。爸爸把我拉扯大的。为了我，他没有再找过伴儿。他白天去江上捕鱼，下午来市场上卖，每天都很辛苦。我从来不以有个卖鱼的爸爸而感到自卑，我常常指着爸爸忙碌的身影告诉同学，那就是我的爸爸。每天放学后，我都到市场里和爸爸一起卖鱼，一起回家。由于长年在江里打鱼，爸爸的腿有很严重的风湿病。有一次卖完鱼，他都站不起来了，当时我哭了。爸爸对我说：'别哭，孩子。爸爸喜欢你高高兴兴的样子。答应爸爸，不管遇到什么事，都要很快地恢复快乐。每天看见你笑着走进市场，我的心里就非常高兴，什么苦啊累啊的就全没了。'"

李小然脸上有着很幸福的神情。我问："后来呢？"她眼神一黯，说："后来，爸爸去世了，在我上高三那年。那时奶奶过来和我一起住。我记住了爸爸的话，不管发生什么事，我都会很快地雨过天晴。走进这个市场之前，我一定要让自己快乐起来。我笑着走在市场里，就像爸爸还在不远处看着我。"

我的心涌起了巨大的感动，明白了李小然为什么每次都微笑着走过菜市场，也明白了世界上无处不在的恋恋亲情，这是让她开心快乐的最美丽的理由啊！我们真的应该快乐地工作和生活，不只为了自己，也为了那些我们深深爱着的、也深深爱着我们的亲人！

与继父之战,对抗中瓦解的心墙

从记事起,家中就是战火不断。父母整日地吵。一开始我还很害怕,在一旁大声地哭,后来就渐渐麻木。初中时,父母终于离婚了,我跟了妈妈,以为可以过一种安静平和的生活了。可是没过多久,当这个家重新完整时,我竟也成了战争的主角。

相 持

继父是一个高高大大的男人,四十多岁,有着一种让我反感的冷漠神情。与他一起走进我家的,还有一个我应称之为"弟弟"却没有一点血缘关系的男孩。他叫小军,比我小两岁,怯生生的样子。

从继父进门起,我就从未叫过他一声"爸",也极少和他说话。第一次坐在一块吃饭就发生了冲突。妈妈知道我打死也不会叫他"爸",便对我说:"那就叫叔吧!"我低头吃饭一声不吭,妈妈又指着那个叫小军的男孩说:"以后他就是你的弟弟!"我一推饭碗站了起来,大声说:"他是谁弟弟?他姓啥我姓啥?"然后瞪了一眼沉着脸的继父,继续说:"他们凭什么来到我家?别想让我把他们当成家里人!"然后摔门而去。

那时我读初三,根本没心思学习,整日和几个同样不学习的同学出去游荡,打架斗殴,出入台球室、录像厅,甚至学会了抽烟。有一次我把班上的一个男生的头打破了,学校非要我找家长,还往家里打了电话。不一会儿继父就来了,他一进办公室我便向外走,任凭校长在后面喊我的名字。那天继父回去后很生气,瞪了我两眼,我毫不恐惧地回瞪着他。他对妈妈说:"学校要开除他,我说了不少好话!看你怎么管教出来的孩子!"我噌地站了起来,指着他喊:"你管我妈怎么管教我?你以为你是谁?谁让你管我的事了?"继父勃然大怒,要冲过来打我,妈妈死命地把他拉住。我对他喊道:"你要是动我一下,我就报警!"他怔了一下,颓然地回房去了。

几天后的一个晚上,我发现新买的一盘磁带不见了。正着急生气的时候,小军进来了,说:"哥,那盘磁带我拿去玩了!"我大怒,说:"谁让你乱动我东西的?"

他说:"我这就还给你!"我警告他:"以后再动我就揍你!"临出门的时候,他嘟囔了一句:"又怎么了?"我冲过去,一把拽住他:"你再说一声!"他吓得脸都白了。妈妈闻声赶过来把我拉开。这时继父也过来了,拉过小军就是一嘴巴,打得他跌在了地上。然后继父又过去狠踢了一脚,说:"我让你再偷拿别人的东西!你要不学好,像别人家的孩子那样让父母操心,我就打死你!"我冲他喊道:"你说谁呢?"他瞪了我一眼转身出去了,只留下小军在那里哭。我知道他是怕我把小军带坏,他打小军,也只是为了给我看。他以为这就能吓住我吗?我在外面已不知挨过多少次打了。

有一天中午我们一群人去另一所中学参加一场群殴,结果全被带到了派出所。派出所的人让家长来领人。看着大家一个个被带走了,我想家里是不会来人了。天快黑的时候,继父竟然来了。我们无言地回了家,他竟然没像以往那样训斥我。吃过饭,我回房躺在了床上。继父进来了,我闭上眼睛装睡,他在屋里转了两圈,轻叹一声便出去了。

倒　戈

初中勉强毕了业，没考上高中，本想不念了，可继父托关系把我办到县重点高中第一中学。去就去吧，混完三年再说。此时与继父的摩擦依然不断，只是形势发生了微妙的变化，以往与继父争吵时，妈妈总是站在我这边的。可不知从何时起，她竟然渐渐地偏向了继父，开始数落我的不是。这让我很是恼火，同时也感觉到在这个家里越来越孤立。与此同时，小军开始有意地接近我，有时甚至在我和他爸口角时，会帮我说一两句话，这让继父大为生气。说心里话，我本不十分讨厌这个所谓的弟弟，有时觉得他也挺可怜的。只是不明白他为何对我态度有所转变，直到有一天我偶尔遇到他在学校门口被一群学生欺负，才明白了原因。当时我冲上去打跑了那几个小子，他感激地看着我。

那天晚上，小军溜进我的房间，拿出一盒红塔山，给我点上一支，自己也叼了一支。我上去一把抢下他的烟，说："谁让你抽烟的？"他一下愣在那里，这时继父和妈妈走了进来，一看这情形，继父对我吼道："你还教他抽烟？"我也不争辩，说："那又怎么样？"继父瞪大了眼睛，小军忙说："爸，不是那样，是我想抽烟哥不让！"继父狐疑地看了我一眼，把小军叫了出去。

那以后有好几次，继父都想与我好好谈谈，都被我冷冷地拒绝了。小军与我倒是越来越熟，有一次我问他："别人还欺负你吗？"他说："他们一知道你是我哥都不敢惹我了！"我说："你以为这样很神气吗？你和我不一样，你还是要好好学习的！"他垂下头，小声说："那你怎么不好好学习啊？"我一愣，问："你说什么？"他不敢再言语了。

此时我已学会了喝酒，常常和一群狐朋狗友灌得酩酊大醉。有天晚上我又喝多了，路上不知摔了多少跟头，到家时倒在门前，连敲门的力气都没有了，昏昏沉沉地睡了过去。不知过了多久，我感觉有一双大手把我提进了屋里，然后又把我摔到了床上。我知道是继父。睁开眼睛，他正看着我，妈妈和小军也在。见我睁眼，他指着我说："你以为这样就可以让我生气、就能打败我吗？我反而很高兴，因为你越来越不走正道！你要是能考上大学，那对我才算是打击。只是你不会考上的，这我可以肯定。你要能上大学，我倒着进出这个家门！"说完，他头也不回地走了。

我的心忽地一动，愤怒之余觉得事实的确如此，我越是堕落，继父便越高兴。我要振作，给他致命的一击。

反　攻

从高三才开始收心学习，其难度可想而知。可我依然艰难地努力着，因为我知道只有考上大学才能让继父失望，才能脱离这个家的阴影。我和所有的狐朋狗友断绝了来往，每天躲在房里抠习题，从最基础的知识学起，有时还不得不向小军请教一些东西，幸好他从没嘲笑过我。有一天夜里，我正挑灯夜战，继父忽然推门走了进来，看我在学习他很意外的样子。我说："让你失望了吧？"他不自然地笑了笑，便又出去了。此时我们的战争形式变了，不再是那种唇枪舌剑，而是进入了心理战，双方都希望能从精神上给对方以重创。

高考终于结束了，虚度了那么多年的光阴不会因为我短短几个月的努力而弥补回来，我落榜了。成绩出来的那天晚上，继父情绪特别好，从不喝酒的他竟然也饮了两杯，还说："值得庆祝啊！"我气得饭也没吃便回房去了，这一回合他又赢了。

我去了补习班,当我向妈妈要2000元的补习费时,继父在一旁说:"这钱又白扔了!我看还不如拿这钱做点小买卖呢,赔了赚了都不心疼!"我怒视着他说:"我又没用你的钱!"他用一种贪婪的目光注视着我从妈妈手里接过的钱。幸好妈妈的工作还不错,要不可就惨了。

补习班的一年是我最艰难也是最充实的一年。当我再次走进考场,心中充盈着一种前所未有的力量。考完最后一门回到家,继父急切地问我:"考得怎么样?"我一笑说:"可能要让你失望了!"他的眼神闪了一下又黯淡下去。收到录取通知书那天,我以其人之道还治其人之身,在饭桌上端起了酒杯,继父却一副颓然的样子。妈妈和小军很高兴,我问妈妈:"妈,你的钱够我交学费吗?"妈妈看了继父一眼,迟疑地点了点头。我放下心来,奇怪继父这次居然没有表态阻挠。我都想好了,如果他再从中作梗,我就让他倒着进出这个家门,那可是他自己说的。看在他对妈妈还不错的分儿上,就放过他这一次。

当离开家去沈阳上学时,我知道自己在与继父的战争中已占了绝对的优势。

冰　释

大学生活就这样开始了。终于远离了那个硝烟弥漫的家了，有着一种从未体会过的轻松。妈妈每月都寄生活费来，这让我心里充满了感激。有时静下心想一想，如果没有继父的刺激，这种生活永远不会属于我的。可是一想到他对我的那种种态度，那仅有的一点感激也烟消云散了。

快毕业那年我回了一次家，小军打电话说妈妈住院了。此时的小军已不上学了，在一家修配厂当学徒。他去车站接的我，说前些日子搬家了，怕我找不到。新家是一个极低矮窄小的房子，更让我吃惊的是妈妈根本没有生病。我生气地问："你为什么要把我骗回来？"妈妈说："小军他爸住院了，你去看看他吧！"我怒道："他生病关我什么事？你让我回来干什么？家里到底发生什么事了？"妈妈一反常态地说："你如果有良心的话就去医院看看吧！"说完转身走了。

我急切地问小军："为什么把房子卖了？你怎么不上学了？"小军说："你上高中的时候，妈妈就下岗了，她在饭店里洗盘子。这你当时不知道也不关心，妈妈也不让告诉你。你当初交的补习费,还有你上大学的费用,是我爸……"我忽然全明白了。

当我再次见到继父,他正躺在病床上。当初那个高高大大和我针锋相对的男人不见了,面前的只是一个头发白了大半呼吸微弱的老人。他得了肺癌,家里不得已卖了房子给他看病,准备做手术。他见了我,吃力地抓起我的手,眼中是从未有过的关爱与感动。刹那间我觉得心里的某些东西忽然就碎了,面对这个被我打得一败涂地的男人,很想喊他一声"爸",可是哽咽着,终于没有叫出口。

手术做得很成功,当继父被从手术室里推出来时,我的心终于放了下来。在病房里,继父依然抓着我的手,费力地对我说了一句让我今生今世都不能忘记的话:"孩子,我愿意被你打败!"我的泪唰地流了下来。

后来在婚礼上,我携着新娘的手第一次向继父叫了一声"爸"。那一刻,继父带着泪光的笑脸深深地印进了我心中。内心深处那块郁结了多年的坚冰终于消于无形,化作了生命中最热的泪和最真的情。

继父,我亲爱的父亲!愿我一声迟到的呼唤能温暖你晚年的生活!

母亲需要什么

母亲日复一日地苍老憔悴。那天,她放下手中的报纸,望着远方发呆。我问她怎么了,她说人老眼睛也花了,看什么东西只能远看才清楚,还自言自语:"能看得更远就好了!"我便带着母亲去配了一副老花镜。

镜子配好之后母亲却很少戴,有时连报纸也不看了。一天她接完姐姐从广州打来的电话后,叹了口气说:"现在连耳朵也不好使了,你姐声音小了有些听不清!"我便去给母亲买了一个助听器回来。

可是即使戴上助听器,母亲还是常念叨听不清哥哥姐姐的电话。有一天吃饭时,母亲忽然放下筷子,说:"现在吃什么都没滋味,要是过年就好了!"我以为母亲嫌饭菜不好,便特意做了一些过年时才做的菜,而母亲却没有表现出特别的喜欢。

一天又一天,转眼新年到了,哥哥姐姐都带着孩子从外地回来过年了,母亲开始兴奋起来,忙前跑后地不停脚儿。吃团圆饭时,儿孙们轮番给母亲敬酒,母亲乐得合不拢嘴。那几天,母亲仿佛年轻了许多。

初五一过,哥哥姐姐都走了,家里一下子冷清起来。母亲神情落寞地收拾屋子,动作十分缓慢。那一刻,我忽然明白:原来母亲真正需要的是儿女们都在身边,喜欢的是闹闹热热开开心心的氛围。怪不得她想过年呢!没过多少日子,母亲又开始念叨眼花耳聋了,并总自言自语:"年怎么过得这么快?"

我打电话把这一切告诉了哥哥姐姐。他们商量了一下,决定都回来陪母亲,因为事业以后有的是时间去干,而母亲的时间却不多了。那天,当我把这个消息告诉母亲时,母亲笑了,眼里有点点泪光。那一瞬间,她的白发刺痛了我的双眼。

奔走的脚步到底通向哪里

清晨六点钟左右,十二岁的他便来到铁路边的土路上。有时候他觉得有了这条铁路真好,自己有锻炼的地方了。这是一个小小的村子,在辽阔的大平原深处,而他家,就在村子最前头,长长的铁路从门前经过。

他看了看铁路的西边,两条钢轨延伸向遥远的雾霭中。他深吸了口气,蹲伏在地上压了压腿,虽然做得艰难,可还是坚持压到最大幅度。站起身,擦了擦额上的汗,忽然有轰鸣声远远地传来。转头看,西面有火车的影子出现。只是片刻,火车便带着巨大的响声驶过来了。

他略弯下腰,火车经过的刹那,猛然向前跑去,向着火车开走的方向。火车飞驰,一个小小少年拼命地跟着奔跑,步伐踉跄,就像随时都会摔倒。火车终于消失在视线中,他才停下脚步,剧烈地喘息。他回头看了看,露出一丝笑容,因为比昨天多跑了十多步。他捡起一块石头,放在刚才停住脚步的地方。这趟火车每天早晨六点十分准时经过，是客运列车。

他一瘸一拐地回到家里。由于天生左足畸形，左小腿也有些变形，导致他走路极为不稳。爸爸妈妈非常心疼他，常给他讲一些身残志坚的励志故事，这对他影响很大。而且，他从小就有梦想，梦想着以后一定要走到远方去看看。正是因为如此，他才每天坚持跟着火车跑步。起初的时候总跌倒，可是他咬牙坚持着，终于也能跑得很快且不摔倒了。

这一天早晨，他像平时一样来到铁路旁，准备开始奔跑。火车来了，他又开始发力跑起来。他转头向火车看了一眼，发现许多人都在看着他。各种表情在眼前飞掠而过，却不能影响他的决心。终于停下脚步，比昨天又进步了一点点。他坐在地上休息，忽然，一张纸片飘落在不远处。

他好奇心起，便去捡了起来，那是一张纸烟盒纸，反面写着几行字："小伙子，你每天这么跑，是想去哪里呢？我小时候家门前也有火车经过，我出来后，却回不去了！"

坐在土路上，他拿着那张纸烟盒纸想了许久。也许，那个人小时候也和自己一样，也许他远离了家乡，可是为什么回不去了呢？哪有回不去的家呢？他知道，这趟火车开往的方向，几十里外有个矿区。听爸爸说，那里的人大多是从遥远的外地来的。那个写字的人，也许就是其中的一个吧？

第二天清晨，他又来到铁路边，手里拿着一个大纸壳，上面画着两个醒目的大字：回家！火车来时，他一边跑一边向着火车举起纸壳，他看见匆匆掠过的每一张脸，也不知哪一张是那个写字的人。火车过去后，却再没有纸片飘落。可他依然举着"回家"的纸壳跑了三天，才恢复了以往的生活。

多年后的一天，他终于离开了家门，在父母祝福的目光中走向陌生的远方。他在尘世中奔波了许久，在他的努力下，别人的白眼冷漠变成了钦羡敬佩，可是他却不为所动，就像当年飞驰而过的火车，没了影踪，他却没因此而停了脚步。他成了一个专业的摄影家，万水千山走遍，越走越远，也常想起家中渐渐老迈的父母，却是一直无缘回去，理由太多太多。

有一次，在火车上，他抓拍到了一张照片。当时火车正驶过大片的平原，一个村子忽然出现在视野中，低矮的草房，坎坷的土路，还有一个站在家门前望着火车的男孩。他拍下此张照片后，每次看到，都会触动心底那最柔软的地方。仿佛看到了当年的自己在火车旁奔跑的身影，看到父母在家里，充满欣慰和心疼的目光。也仿佛体会到了当年那个给他扔纸条之人的心情，心里顿时升腾起强烈的渴望，就像当年想要去远方一样。

那一次，下了火车后，他立刻踏上了回家的路。再次见到父母时，他已经在外面闯荡了六个年头。六年里，父母老了许多，可是他们眼中的温暖却一直没变。那个早晨，他像多年前般在铁路旁等着火车开来。当火车驶过来时，也仿佛载来了过去的时光。他跟着火车奔跑，跑出了满眼的泪。

而他不知道的是，远在几千里外，在酷似他家乡的村庄里，一个六十岁左右的老人，正和儿女们欢聚一堂。老人美美地喝了一口酒，说："近二十年前，我还在东北的一个矿上干活，想着不挣来大钱就不回来，要不也对不起你们的妈。那时我们每天都要坐一个小时的火车去矿上上班，在路过一个村子时，我们天天能看见一个腿有些瘸的孩子，追着我们这趟火车跑。有一天心血来潮，就在纸烟盒上写了几行字扔给他。接下来好几天，那个孩子都举着一个纸壳跟着火车跑，上面写着'回家'两个字！我才下决心回来的！走久了，才发现，回家真好！"

而他，看着火车远远消失，记起当初那个给他扔纸条的人，想着那个人也早就回家了吧！

翅膀的恩赐

上幼儿园的时候,阿姨就曾告诉过他们,你们都是快乐的小天使,你们的父母就是翅膀,让你们自由地飞翔。

那时他很兴奋,以为一直可以飞下去,因为父母把他们的爱无私地奉献给了自己。而他那时也很幸福、快乐,虽然出生在普通的家庭,可父母一直都把最好的东西给他。

后来上了学,从小学到中学,他都是成绩最优秀的,他是父母的骄傲。在大学里,他也是很努力地读书,不过心境却悄悄地起了变化。身边的同学们,生活要比他丰富多彩,那些激情四射的活动,那份花前月下的浪漫,无不让他钦羡。而他只能观望,因为家庭的原因,他无法去像其他人一样生活。是的,这许多年来,为了供他上学,家里的经济条件越来越差。

他能理解,却不平衡,为什么别人的家庭条件都那么好,为什么别人的父母都那么有本事,而自己却无缘生在那样的家庭中？于是心底微微地有了怨怼。

而这种落差，在毕业后越发地明显起来。当初为了省钱，他上了一所学费少的普通院校，以他的成绩，上个好重点应该是不成问题的。当初并没有觉出什么，而当他拿着毕业证四处应聘时，才发现自己这所学校的微不足道。而如果从重点大学毕业，情况就会大不一样。

本以为其他同学的情况会和自己一样，而结果却令他吃惊，同学们大多找了令人钦羡的好工作。一打听方知原因，因为别人的父母有门路或者有势力。他的心忽然充满悲哀与不满，自己的父母和亲戚，就没有一个有权有势的，否则自己也不会沦落到今天的地步。

最后，万般无奈之下，他回到县城的中学当了一名普通的教师。他不快乐，这不是他梦想中的生活。他觉得自己的一生都被父母影响了。

有一次他给学生们读一篇杂志上的文章，里面有这样一句话："父母就是孩子的一对翅膀，是他们让孩子飞得更高更远！"他颇不以为然。如果这一对翅膀不够强硬，那怎么能够飞起来？

那一年的春节，他和父母回乡下探亲。祖母家的院子里养了几十只鸡，在雪地上四处奔跑着。看着那些鸡，他忽然有所感。是的，这些鸡就和自己一样，空长着一对翅膀，却无法飞翔。

于是他对父母说："你们看这些鸡，长翅膀有什么用？又不能飞起来！"

父亲看了看那些鸡，说："孩子，你说得不对，翅膀除了飞翔还有两个更重要的作用，那就是防寒和保护！"

那一刻，他的心里一阵悸动，那份震撼是无法言喻的。许多年以来，父母一直关心着自己，并用他们的力量抵御着种种外来的困难，比如贫困，比如伤害，正因为如此，他才能平安地长大，顺利地求学。自己早该感受到那份温暖、那份呵护，可却一直怀有抱怨之心！看着那些鸡，他的眼泪忽然就淌了下来。

从那以后，他心怀感激地工作和生活，珍惜拥有的一切，再无抱怨与不平。因为他明白了翅膀的作用，他感谢上天能赐给自己那么好的一对翅膀。他要告诉自己的学生，他们每个人都是幸福的，因为有父母的爱伴随着他们成长，父母永远是他们的翅膀！

背后,就算全世界都抛弃了你,亲情也会是你最后的温暖与依靠。那份眷眷的深情,就如滴滴透明的甘露,滋润着绝望与黯淡,使枯萎的重新鲜活、凋零的再度盛开。

父爱无言

从记事起,父亲给我的印象一直是沉默的,一天也说不上几句话,只是默默地干活,更难得一见他的笑容,睡觉时呼噜打得震天响。别看父亲不识得几个字,可对我们姐弟几个的学习却管得相当严,后来姐姐们先后中途辍学,他便把希望都寄托在我身上。别人家的孩子像我这样大已经跟大人下田里干活了,可父亲却从不让我去,我知道他是怜惜我单薄的身板儿,更主要的是想让我抓紧时间学习。有一次我谎称学校补课玩到天黑才回家。一进门父亲一巴掌把我扇倒在地上,原来天黑了他去学校接我才知道我撒了谎。那以后我再不敢对学习有所松懈。不是怕父亲的巴掌,而是因为他打我一巴掌后失望的眼神。

后来去镇上读高中,我住校,每周回一次家。每次从家返校都是父亲用自行车带我。车把上挂着我带的咸菜。我坐在驮架上。看着父亲的后背因用力而前倾着,心中便会生出深深的感动。十八里的土道就在自行车的"咯吱"声中碾过了。高三上学期时,有一次回校,依然是父亲骑车带我。走出没多久我看见父亲比平时显得吃力,便说:"爸,让我驮你吧!"父亲摇摇头,依旧用力蹬着,每蹬一下我的心就会痛一下。忽然,父亲蹬得慢下来,自行车倒了,我忙爬起来去扶父亲,父亲已经昏迷了。父亲得了脑栓塞,住了好长时间的医院才回家疗养。每次回去看他,他总是劝我早回学校,说再有半年就高考了。那是父亲说话最多的时候,我便听话地回校学习。

那年高考我被沈阳的一所大学录取,村里好多年没出过大学生了,一时间我成了新闻人物。收到录取通知书那天,家里挤满了来贺喜的乡亲,母亲里外屋地应酬着,父亲坐在炕头上不停地翻看着录取通知书,一边看一边笑。我想那天父亲笑得比他一辈子都笑得多。那天晚饭,父亲破例地喝了酒。他拿出一瓶珍藏多年的"泸州老窖",倒了半碗推给我,又给自己倒了半碗,这是我第一次和父亲喝酒,喝着喝着眼泪就掉了下来。

大学毕业后我回到镇上中学教书,日子平平淡淡,依然每周回一次家,只是父亲再不能骑车送我了。几年来,父亲的头发白了很多,额头的皱纹也加深了。我心里深深地叹息，这几年为了供我上学，父亲耗尽了心血啊！

后来我要结婚了，母亲告诉我父亲很高兴，这也许是他最后的心愿了。婚礼在镇上举行，母亲提前几天就来帮我张罗，父亲在家看家，说到日子再来。结婚那天，庆典上单等父亲一个人了，我几次出去张望。终于，父亲骑车的身影出现在视野中，我心一酸，迎上去说："爸，您怎么不坐车来？"父亲说："没事，还能骑得动。"父亲一进饭店，大厅里响起了一片掌声，司仪请父亲讲几句话。当时我担心父亲应付不了这个场面，只见父亲走上台，手拿话筒，沉默了一会儿，说："谢谢大家来参加我儿子的婚礼！谢谢！"说完深深鞠了一躬。大厅里再一次响起热烈的掌声。我的眼睛湿了。

酒席散后已是下午，父亲让母亲留下来帮我收拾，他要回去照看家里了。我留父亲住一宿再走，父亲执意不肯。我便去送父亲，在路口看见父亲艰难地骑上车，心中忽然就掠过了上中学时父亲驮我返校时的情景。我跑步追上父亲，父亲以为我有什么事，便下了车。我说："爸，让我驮你回家！"父亲笑了，说："不用，还骑得动，刚结婚，回去吧！"我说："结了婚也不能忘了你，你就让我驮一次吧！您都驮了我那么多年了。"父亲不再言语，把车把递给我。骑上车，心中分外激动，我感觉父亲正在用他的手抚摸我的后背。一路上我和父亲都没有说话,只有自行车发出的"咯吱"声。驮着父亲走在回家的土道上,仿佛走在深深的父爱的旅途之中。

爱是永远的故乡

爷爷从少年时便闯关东,来到了黑龙江,然后又几经辗转,几乎一生都在搬家。我小的时候,就已经习惯了那种东奔西走的日子,反正知道大人们为了更好地生存,总是寻找着最佳的落脚之处。

后来,爷爷老了,再也走不动了,我们一大家子便在一个小小村子定居了。那时,爷爷已经卧病不起,而奶奶也已去世多年。没事的时候,我总是听爷爷讲以前的那些事,他嘴里的那些地名,有些是听说过的,有些是陌生的,惊讶于爷爷走过那么多的地方,却又能记得如此分明。

有一次,我问爷爷:"你走过那么多地方,在那么多地方生活过,你的故乡是哪里呢?"

爷爷眼睛望向远远的窗外,我以为他会说故乡是山东的那个小村庄。可是他却给我讲起奶奶来,他和奶奶初相识的时候,都只是不到二十岁的年龄。那时爷爷正在那个村子里给地主家当长工,奶奶是一个贫苦人家的孩子,给地主家洗衣服。就这样拉开了相知的序幕。一直不曾知道,爷爷和奶奶居然是自由恋爱。总是觉得那个年代的人,不存在什么爱情。两个人结合在一起,维系着他们的,只是一种亲情。

那时奶奶洗衣服的时候,常常顺手把爷爷的也洗了,让爷爷很是感动和感激。两人虽然没有太多的交流,可是眼神流淌之间,便已两心如一,柔情似水。后来有一次,爷爷一怒之下和地主起了争执,便在一个夜里出逃了。奶奶就等在村外爷爷必经的路旁。当时正是午夜,月挂中天。两个人相见,也没有太多的话,爷爷仿佛知道她会等在那儿一样。他们在月亮底下站了一会儿,看了一眼夜色中的村庄,便从那条路上走远了。

然后就是几十年的风雨与共。在我的印象中,爷爷奶奶似乎并没有太深的感情,两人也时常吵架。可是这一刻,我终于明白,他们的那份感情,已经在奔涌的岁月中山高水深。那是一鼎一镬朝朝暮暮所有细节的沉淀,是匆匆年华里所有游走风景的叠加。那份爱被他们在风尘中刻在脸上、镌进心里。就如当初他们逃离时天上的那一轮月,任凭风渡云渡,年年岁岁照耀。

爷爷问我:"你知道我给地主当长工的那个村子叫什

么吗？"

然后不等我回答，他就接着说："那个村子叫里洼，我和你奶奶从出来就再没回去过，住过那么多地方，我们最想的就是那里啊！"

那一刻终于在温暖的感动中明了，那个叫里洼的小村子，就是爷爷心中的故乡。因为，那里有他与奶奶今生今世最美丽的初次相遇，有着白头岁月的起始，有他们的爱在那里萌芽。是的，爱开始的地方，就是生命中永远的故乡啊！

撑开幸福

她来自极遥远的一个农村。在这所大学里,她应该是最贫困的学生了。她的家乡极偏僻,离最近的县城也有一百多公里,因为土地贫瘠而稀少,那里的人们都相当地穷。而她家却比别人家更为困难,因为要供一个孩子上学。所有的经济来源就是那几亩薄地和院子里的十几只鸡了。

上大学后,她的家更为窘迫。可即便如此,父母还是极力地支持她上学。她在高考之前从没去过城市,高中是在镇里读的,在县城参加高考时,她便被城市的一切所震惊了。而来到省城上大学,在这座现代化大都市中的所见,让她觉得县城就像农村一样。说实话,虽然父母每日为了她而辛勤劳作,可她却并没有多少感恩之情,甚至还有一丝埋怨,更谈不上什么幸福了。对贫穷的憎恶,使得她对自己的父母和家庭也有了些许的厌倦。

有一天和同学在街上闲逛。当时正是盛夏,太阳毒毒地在头顶悬着。忽然她就惊奇地发现,许多人都撑着伞在行走。她从没见过现实中的雨伞,只在村长家的电视中看见过。于是她问同学:"没下雨她们打着伞干什么?"同学惊奇地看着她说:"遮挡阳光啊!"她的脸立刻红了。从那以后,再遇见自己感到奇怪之事,她绝不再问别人。

只是,那些伞一直在心里飘啊飘的,挥之不去。她想到了自己的家乡,那里的人连一件塑料雨衣都没有,而那里的夏天总是大雨滂沱,晴天时更是炎热无比。父母总是在大雨中去田里干活,把那些秧苗及时地扶正。更多的时候,是在烈日下劳作。她想起了父亲肩上晒脱的一层又一层的皮,和母亲红肿的后背。要是有把伞就好了,父母就可以不怕日晒雨淋了。第一次,她的心中涌起了对父母的心痛之情。

她去商店看过,一把最普通的伞也要十元钱。十元钱,对于她来说是近一个月的生活费;对父母来说,是在暴雨烈日下劳动不知多少时日才能换得的。她开始攒钱,在暑假来临之前,终于拥有了一把淡蓝色的伞。

放假了,坐了一夜的火车,她回到了县城,又转乘去镇上的客车。从镇上到自己的村子,还有三十里的土路。她在太阳底下,紧紧地攥着那把伞,却舍不得把它撑开,尽管阳光晒得身上火辣辣地疼。离村子还有十里路的时候,天色突变,一会儿工夫便下起大雨来,她一下便被淋透了。可她依然没有撑开伞,她要把这把伞的第一次让父母去体验。

快到村子时,她没有回家,直接向自家的田里走去,她知道父母此刻一定在田里干活。当父母的身影隔着雨幕映入眼睛,她喊了一声,跑过去,全然不顾泥水溅在身上。父母见到她,露出很惊喜的表情,说:"这么大的雨,咋不直接回家?"她把伞撑开,举到父母的头顶,伞下立刻便出现了一个无雨的空间。父母高兴地说:"这玩意儿真好,雨浇不着了!"她看着父母满足的神情,心底柔柔地痛。回去的路上,雨过天晴,太阳的威力再度显现出来。她仍把伞举在父母的头顶,阳光便一下子被赶跑了。父母的惊喜更增了一层,没想到这样一把伞,居然有这么大的作用。

生长了近二十年,她第一次有了幸福的感觉,而这份幸福,是在父母沧桑的笑纹中找到的。她忽然明白,幸福一直都在,只是她没有像撑伞一样把它撑开,而是一直都收敛在心底。

是啊,只要撑开心中那把幸福的伞,那么生命便会有一片无雨的天地,便会有一个清凉的世界。

第 2 辑

刻在新年上的笑容

从一朵花的绽放里,我们感受到了亲情的芬芳,不管隔着多长的岁月,不管隔着多远的距离,那份馨香永远氤氲着我们的生命。亲人的爱,对亲人的爱,永远是生命中最美的花开。

花开的方向

母亲喜欢养花，阳台上摆满了大大小小的花盆。四季的轮换里，总有花儿是绽放着的，因此阳台上一直充盈着春意。另外，有几盆花是放在母亲的卧室里的，它们是同一品种，母亲也叫不出名字，多次的搬家，无论是同城里的迁移或城市间的辗转，母亲都没有抛弃它们。

那几盆花只在每年的夏季里开放，花期半个多月。花朵并不特别，比指甲略大些，一圈的花瓣，中间是橙黄的蕊，形状上像极了缩小的葵花。它们通常是三五朵聚拢成簇，有一种极浅极淡的香。只在寂寂的夜里，万籁俱寂的时候才能感受得到。这种花唯一特别的地方，就是固定地朝着西方开放。无论怎样挪动位置或转动花盆，都不受影响。母亲就这样宝贝似的把它们放在卧室里，不离不弃。

母亲对于养花有一套独到的经验，不管什么花，在她的调理之下，都能显出一股子活泼劲儿来，常让她那些老姐妹们欣羡不已，总有许多人慕名上门来取经，讨花桠和花籽儿。母亲的养花爱好是受姥姥影响，或者是遗传使然。少年时曾和母亲回她的老家探亲。姥姥家在一个很远很远的乡村，几乎养了一屋子的花，院子里也栽得满满的。那时我就发现了那种母亲珍爱着的花，想来是姥姥送她的了，问母亲花名的时候，她含笑说："你姥姥也不知道叫什么名字呢！反正我老家那边，这种花是很常见的！"

母亲卧室里的花，起初在老家没有搬到这个城市的时候，我记得是五盆；后来我大学毕业后，就成了六盆，而搬来这里后，又多出来一盆，成了七盆。仔细回想一下，几乎是以每十年一盆的速度递增着。直到去年，发现那花变成了八盆，几乎摆满了卧室里的窗台。算起来，去年正是搬来这个城市的第十年了。

母亲卧室里的窗户恰好是向西开的，那些花儿摆在那儿，每年夏季开花的时候，那些花儿便丛丛簇簇地向着窗外，很像隔窗远眺的样子。在它们的花期里，母亲留在卧室里的时间就多了，常常是坐在床上，向着那些花儿，也不知是在欣赏花儿的开放，还是看向窗外。那眼神飘忽着，仿佛很近，又似乎很远。

去年年末的时候，母亲回了一次她的老家，给姥姥过八十大寿。她有好几年没回去了，临行前显得很是兴奋，似乎不管多大年龄的人,一想到要见着自己的母亲,都表现得像个孩子,是啊,不管多大,在母亲面前都是孩子呀!母亲一个劲儿地叮嘱父亲,卧室里的那些花几天浇一次水,每次水量是多少,直到父亲都能背得出来,她才放心而去。而阳台里那些花儿的照看问题,母亲却是一句没提,任由父亲去折腾。

母亲回来后,很高兴,有一种满足的神情,不停地说着姥姥的身体很棒,依然伺候着一大院子的花。也难怪,八十岁的人了,能有这样的身体和精神,作为子女自然开心幸福。心里忽然一动,姥姥八十大寿,而母亲的花儿正好是八盆,回想起来,似乎真的是随着姥姥每十岁的增长而增多一盆。于是笑问母亲,母亲看向那些花,说:"对呀,就是这样,你姥姥每长十岁,我就多种一盆!"一瞬间忽然明白了母亲为什么钟爱那几盆花了,那些花是母亲从故乡带出来的,是姥姥曾栽种下的,母亲珍爱着它们,其实是对姥姥的一种思念,一种祝福。

有一天在网上,无意间闯入一个花卉论坛,各种花草的图片琳琅满目。素来对花花草草兴趣缺乏的我,正要关掉网页,忽然,仿佛闪电般,一个熟悉的画面就划过我的眼睛,正是母亲卧室里的那种花!于是急忙点开,看它的介绍。上面说,这种花不管在什么地方什么情况下,都是向西开放,并分析了一大堆的原因,心里涌动着一种巨大的感动,因为我终于知道了它的名字,那是一个让人悠然神飞、魂牵梦绕的名字——望乡。

那些花又到了花期,母亲依然在守望着,目光轻柔地抚摸过那些小小的花朵,然后投向西方。而远远的西方,隔着山、隔着水、隔着风雨云雾,有母亲的故乡,有母亲的母亲!

被蜘蛛咬过的孩子

中午的时候,我去做检查后回到病房,躺在床上看书。这时走廊里一阵嘈杂,一群人推着一张活动床向急救室的那边跑去。听病友议论,说是一个乡下男孩,被有毒的蜘蛛咬了。这也正常,在乡下,被蛇什么的咬伤是很常见的事。

下午,那男孩已脱离了危险,送到特护病房观察。第二天,男孩已经无事,转到我们这间普通病房,睡在我的邻床。这是一个十岁左右的男孩,脸黑红黑红的,一双眼睛很大,却好像带着一些惆怅,我想他肯定是吓坏了。

同病房的人纷纷和他说话。一会儿工夫,他便和大家熟悉起来。他身边没有陪护的人,他说爸爸在城里干活,妈妈在家种地,明天就来接他出院。有人问他:"怎么会被蜘蛛咬到了呢?"他说:"我在一个山洞里,看见一只很大的花蜘蛛,刚把手伸过去,它就咬了我一口跑了!"有人说:"小孩子可不能去钻山洞,你看,多危险啊!"男孩却说:

"我知道里面有蜘蛛才钻进去的!"人们奇怪地问:"你钻山洞是想抓蜘蛛?"男孩说:"不是,我想让它咬我一口!"人们更奇怪了,男孩接着说:"前几天我在刘叔家看电视,演的是《蜘蛛侠》!"大家顿时明白了,说:"哦,你也想被蜘蛛咬过后变成蜘蛛侠吧!你是不是想像蜘蛛侠一样在空中飞来飞去,觉得那样挺好玩儿的?可是,电影故事都是编出来的,没有科学依据,不能去模仿啊!"

男孩沉默了一会儿,说:"我是想变成蜘蛛侠,像他那样在空中飞来荡去的,可不是为了玩儿!"

大家问:"那是为了什么呢?"

男孩说:"前些日子,和爸爸一起来城里干活的张大爷从楼上掉下来摔死了!我爸爸和村里的人在工地上当架子工,每天都在很高的地方干活。我怕爸爸摔下来。要是我能像蜘蛛侠那样,就天天在爸爸他们盖的楼顶上待着。要是爸爸摔下来,我就可以飞下去把他接住了!"

病房里忽然变得出奇地安静,男孩的眼睛忽闪着,像两盏灯一样,直照进人们心底最温柔的角落。原来,在他小小的心中,竟盛装着这么多对爸爸的爱与牵挂。那一瞬间,人们纷纷想起了心中最牵挂的人,脸上带着微笑,心中装着祝福。一个小小的乡下男孩,让大家心中重又充满了温暖,洋溢着无边的爱意!

变矮的围墙增高的爱

这是一个很贫困的家庭，低矮的草房，高高的院墙却挡不住一家的愁绪。生活的艰难，他们都能承受，并有希望让一切好起来。可是一场变故，却让这个家庭再度蒙上厚重的阴影。

这个院子里的男孩，叫吴晓刚，一个十一岁的孩子，已经足不出户一年多了。在一场车祸中，他失去了左腿，右腿也失去了一部分功能。为了安全和方便，当小学老师的妈妈便让他在家里学习。吴晓刚拄着一根拐杖，拖着另一条不灵便的腿，常常在院子里艰难地走着，看着围墙外面的天空发呆。终于有一天，他对父母说："我要出去，再也不想闷在家里了！"其实父母不想让他出去，怕他不安全，更怕他会被别人嘲笑，他们不想自己的孩子在身体的痛苦之外，再承受心灵上的负荷。

思考良久，父亲对吴晓刚说："你不能出去，在这里你也能学到别人学的知识！"可吴晓刚却固执地要求着，最后，父亲说："你知道，你的腿不方便，出去后会有很多麻烦的！"吴晓刚说："我什么麻烦都不怕，我只想到外面去！"父亲看了一眼院墙和儿子坚定的眼神，说："好，如果你能翻过这个院墙，我就让你出去！"吴晓刚看着那一人多高的围墙，低下头，艰难地走回屋去。

自那以后，父母发现吴晓刚再也没有提出过要出去，两人便放下心来，知道这个条件已经让儿子知难而退了。直到有一天，父亲在屋后的墙角下发现一些杂乱的痕迹，心便又提了起来。有一天他从单位提前回来，没进院就听见里面传出一些声响。他悄悄地进门，绕到屋后，见儿子正艰难地向墙上攀爬着，却一次次地摔倒在墙下。看了许久，父亲的眼睛慢慢地模糊了。

吴晓刚就这样偷偷地练习着爬墙，每天家里只剩下他自己的时候，他咬牙忍受着一次次跌倒的痛苦，却从不对父母说起。他就这样努力锻炼了一个多月，却是一点进展都没有，那围墙在他眼中似是高不可攀，艰难地用一条腿跳起来，却是连墙顶都够不到，如一道不可逾越的雄关，可他依然坚持着。渐渐地，他已经能一只手搭上墙头，这一进步让他振奋不已，觉得自己跳得比以前高了，这样练下去，总有一天会翻墙而过，走进自己所向往的世界。随着那道墙在眼中的不断变矮，他的信心与日俱增。

在一个夜里，吴晓刚从睡梦中醒来，忽然就听见院子里传来一阵轻微地响动。他下了床，却发现父母都不在房中。隔窗向外望去，他看见爸爸和妈妈在明亮的月光下，骑在墙头上，用铲子正在往下铲围墙顶上的土。那一刻，他忽然明白，这墙是真的变矮了的，而且怕他看出来，父母在夜里把整个围墙都削矮了一圈。时间一长，围墙比原来不知已矮了多少，只是他一直没有觉察而已。在窗后的黑暗中，他的眼泪悄悄地淌了一脸。

那一天，当他爬上墙头，坐在上面大喊父母时，看着父母一脸的惊喜，他激动地说："我知道我根本不能爬上来，是你们……"父亲说："孩子，关键还是靠你自己，这么高的墙你都能爬上去，以后还有什么过不去的坎？我和你妈也就放心了！"这一刻，小院里，充盈着无尽的温暖与感动。

丑姐姐，俊姐姐

姐姐从小就很丑，所以家里人都不喜欢她，好在她很听话，让她干什么活都行。在我小时候，姐姐给我的最初印象就是每天做饭、喂鸡喂鸭，有时干活时背上还背着我。即使这样，她还是经常因为一些微不足道的小事挨爸妈的打骂。那时我也常欺负姐姐。有一次她背着我在院子里喂猪，她让我拿一下猪食瓢，我在她背上把满满一瓢猪食都倒在了她头上。看着姐姐狼狈的样子，我拍手大笑，说："你丑，你丑，让你吃猪食！"妈妈从屋里出来，大声训斥姐姐："连猪都喂不好，把猪食洒了一地！"十二岁的姐姐站在那里，低着头一言不发。

我刚刚上学的时候，姐姐便辍学了，那时她刚上初中。是爸妈硬让她不念的，那天姐姐抱着她的书包不停地流泪，妈妈便骂她，说："哭什么哭？长得那么丑还想上大学？将来能找个婆家就不错了！"从那以后，姐姐正式成了家里的劳力，地里的活院里的活都得干，很快她便变得又黑又瘦。我做作业的时候，姐姐经常在一旁看着，帮我改正每一个错误。姐姐一直对我很好，干什么都让着我，即使我欺负她，她也从不记恨我。上了学以后我明白了很多事，再也不欺负姐姐了，也知道爸妈那样对姐姐不应该，却不知该怎样去做。没事的时候，姐姐爱翻看我的课本，为此她常挨妈妈骂，后来她便再不看书了，每天干完活便睡觉，话也不说几句。可即使这样，妈妈也常骂她："整天闷头闷脑给谁看？谁欠你什么？"

后来我们举家从乡下搬到城里，全新的生活方式使我很不适应。姐姐进了砖厂当工人，整天用两把叉子把砖坯叉来叉去。刚开始的时候她的手磨得又红又肿，连筷子都拿不住，可她还是坚持过来了。她每月的工资一分不留地交给妈妈，妈妈仍不满意。每当姐姐向她要钱买些日用品时，她都会狠狠地训斥姐姐乱花钱。其实，姐姐连一件新衣服都没买过。

搬到城里一年后，我家发生了一场巨变。由于种种原因，爸爸妈妈离婚了。我那时感觉天塌了下来，我心中的梦想，连同一个完整的家就这样破碎了。我跟着妈妈，那天晚上，我听到了爸妈一段惊心动魄的对话。爸爸说："她该归你，我不要！"他说的是姐姐。妈妈说："我才不要，又不是我生的！"这句话如同响雷把我震蒙了，姐姐不是妈妈亲生的!我向姐姐望去,她呆在那里脸色煞白。可怜的姐姐,我终于知道爸妈为什么对你不好了!爸妈往下的争吵我再没听进去,只知道他们谁也不想要姐姐,因为姐姐丑、因为姐姐不是他们亲生的。

第二天一大早,姐姐就走了,从此没了音信。只有我跑遍车站去找,却没能找到。回到家,爸爸已离去,妈妈正在清点她的所得,姐姐的出走对她一点儿影响都没有。我说:"姐姐已经走了!"妈妈眼睛都没抬,说:"死不死谁管!"我大声说:"你们太自私了!既然不能好好对人家,当初为什么要把她抱回来?"妈妈惊愕地看着我,我摔门而出。

没有了姐姐,家里的气氛更沉闷了。我每天放学后便把自己关在屋子里学习,什么事都不想去问。姐姐走了,妈妈没有了发火出气的对象,变得日益沉默。有时她也会念叨:"不知你姐现在怎么样了?"我便说:"一定比在家好百倍!"看着妈妈无言以对的样子,我心里有一种快感。其实,我真的希望姐姐能过得好。时间长了,不管我怎样顶撞,妈妈还是常常念叨姐姐的好,说她听话,能干活,言语之中颇有愧悔之意。只是这一切都太晚了,姐姐也许永远不会回来了。

五年过去了,在经历了生活的颠沛之后,爸爸妈妈又重新走到了一起。姐姐依然没有音信,我却去外地上大学了。常常想起姐姐,不知她过得怎么样,还会不会记得这个没有给过她任何温暖的家。我只能在心里为她祝福。

大二的一天,妈妈打电话来,兴奋地对我说:"刚才你姐姐打电话来了!她在深圳,她还问我和你爸好不好呢!"说到这里,妈妈已哽咽了,她说:"你姐一点儿都不记恨我和你爸,她还说要回家看我们呢!"放下电话,我的眼泪止也止不住。姐姐,你终于要回来了!

那年冬天的一天,爸爸打电话告诉我妈妈得了重病,原以为住几天院就会好,谁知却要手术,希望我能回去看看。连夜赶回家,妈妈已经做完了手术,在病房里我看见有个人正在护理妈妈,好半天我才认出那是姐姐!姐姐比以前长高了一大截,洁白的皮肤,长长的头发,那么美丽!我叫了一声"姐姐",泪如雨下,姐姐走过来紧紧拥住了我。姐姐现在已是深圳一家大公司的副总裁了,她已自学考取了硕士学位,她已把生命蜕变成最美丽的形式。

妈妈的病恢复得很快,那天她拉着姐姐的手问:"这么多天你一直在这儿照顾我,妈以前对你那样,你不恨妈吗?"姐姐一笑说:"妈,天下哪有孩子恨自己的父母的?"一句话说得爸妈泪水长流。

去年春节,我们全家又一次团聚,那种氛围是以前我不能想象的。有一天我们在一起闲聊,爸爸无意间说想吃荔枝,姐姐便立刻出去买。看着姐姐轻盈美丽的背影,妈妈感叹道:"唉!没想到咱女儿出落得这么漂亮,心又这么好!"听了这话,我的心一酸,竟落下泪来。

不愿长大的理由

多年前,我在一所小学做代课教师,那时我还不到二十岁,高考失利,心中充满懊丧和失望,而且和父母怄了好长时间的气,怨他们不能理解我,整日只知道唠唠叨叨。我不愿去复读,对父母的劝说无动于衷。姐姐看我整日在家闷闷不乐,便建议我去她任教的学校代几天课,说面对那些快乐的孩子我的心情也许会好些,于是在父母失望的目光中,我开始了自己的代课生活。

我代的是小学四年级(1)班的课。原来的班主任生病住进了医院,我便接替他成了那群孩子的老师。面对这些无忧无虑的学生,我暂时忘掉了所有的不快,全身心地投入到教学之中。这些学生的家庭大多很富裕,有不少家长还是县里的领导,所以他们身上或多或少地有一些纨绔子弟的思想和作风。所以讲课之余,我常讲一些有益的小故事,以期能改变他们的一些思想。

一天开主题班会,我让大家畅谈自己的理想,他们大多都说长大后要当官或老板,我心里生起一丝遗憾。于是我问他们:"你们都愿意长大吗?有谁不愿意长大请举手!"有许多人举起手来。我说:"好吧!你们告诉老师不愿意长大的理由!"于是他们轮流发言,有的说不长大就可以永远在父母的怀抱中,吃穿不愁;有的说长大了就要担负太多的责任,很可怕、很累;有的说长大后就会变得随波逐流了,还是小时候单纯……等他们都说完,我有些微微的不快。

这时,又一个学生怯怯地举起了手,是柳梅,班上一个最穷的学生。她的父母都是环卫工人,整天扫大街,许多同学都不愿意和她在一起。我问:"柳梅,你为什么也不愿长大啊?"

她站了起来,说:"老师,如果我长大了,我的爸爸妈妈就会老了。他们整日劳累,我不想让他们变老啊!"说完,她已热泪满眶。在一片寂静中,我走到她身边,轻轻拍了拍她的肩,说:"好孩子!"

我心中的震撼是难以形容的,这么多年来我从没想过父母曾怎样为我奔波劳累,我长大了,他们却老了,可我又为他们做过什么呢?没过几天我就去补习班复读了,第二年我如愿考上了大学。看着父母因高兴而含泪的眼睛,我的心久久不能平静。

如今我已在外地工作了三年,常常记挂在家日趋苍老的父母。前些日子忽然收到,现在正在上海读大学二年级的柳梅的信。信中说:"老师,我一直记得您当初问我们的问题。现在我明白了,不管愿不愿意,人是不能拒绝长大的,我也无法阻止我的父母一天天变老。我唯一能做的就是好好学习,以后好好做人好好工作,好好报答我的父母,让他们安心、满足,无悔无憾地老去!"

感谢生命中那段代课的日子。它让我明白了生命中那么多该去珍惜的事。其实更应感谢柳梅,是她在十年前给我上了人生中最重要的一课!

丑丑的后妈最亲的娘

叫你一声大婶

娘去世的时候,我和妹妹都刚上小学。那些日子我们哭得天昏地暗,仿佛天塌了一般。爹那时刚三十六岁,却一下子像老了二十岁,头发白了大半。别人都劝爹再找一个,好歹能抚养两个孩子。爹看了看缩在炕上的我和妹妹,叹着气点了点头。那以后登门的婶子大娘就多了起来,不是介绍东村的寡妇就是西村的老姑娘,可是还没等爹表态,人家一看我和妹妹就转身出门,没有商量的余地。这样一来,上门的人越来越少了,而我和妹妹更是因此憎恨那些给爹介绍对象的人。

一年后的一天,西院的邓婶领着一个很丑的妇人进了我家,对爹说:"她是逃荒过来的。她家里的男人在煤井里砸死了,孩子都自己出去了,没人管她了。人是丑了点，可是心眼儿好，能干活，就是岁数大些。"爹回头看了一眼满脸戒备之色的我和妹妹，对邓婶说："我再找他姑商量商量！"当晚老姑便来了，她现在是唯一关心我们的亲人了，别的亲戚早就躲得远远的了，怕爹开口借钱。老姑说："岁数大点算啥？对孩子好就中呗！你看你这一年过得，家里没个女的哪还像个家？"爹终于点头了。我站起来跑进了院子，妹妹也跟了出来，对我说："我不要后娘！"我也喊："不要！不要！"老姑从屋里出来了，对我说："你怎么这样不懂事？你看这一年多你爹成啥样子了？家里外头地忙，你咋一点不知心疼呢？你都十岁了，该懂点事了！"我扑进老姑的怀里，哭着说："我要我娘，不要后娘！"老姑搂着我说："你娘没了，你知道她活着的时候咋疼你爹吧？要是她知道你爹现在受的罪，她能闭上眼睛吗？"想想爹这一年来拉扯我和妹妹所过的日子，想想他不到四十就像个老头了，我一阵心疼，点了点头，对老姑说："让她来吧！"妹妹在一旁泪流满面。

就这样，那个很丑很丑的女人进了我家的门，她比爹大了整整十岁。她是真正的进门就当家，甚至还没和爹说过几句话，就开始屋里屋外地忙上了。我和妹妹瞪着有些惊恐的目光看着这个丑女人，从心里往外地讨厌她。当她翻出一大堆脏衣服堆在院子里准备洗的时候，妹妹忽然冲了过去，把她自己的衣服拣出来，说："不用你洗！"丑女人一下愣在那里。吃饭的时候，老姑对我和妹妹说："从今以后，你们就要叫她……"没等说完，妹妹尖叫了一声："她不是我娘！"丑女人笑了笑，说："那就叫大婶吧！都一样！"我不情愿地叫了一声"大婶"，妹妹却固执地一声不吭。我叫她大婶的时候，她乐坏了，笑起来狰狞极了，我不禁打了个冷战。第二天，见我们已经没事了，老姑就放心地走了。老姑走的时候，我心里有一种巨大的失落感和一丝隐隐的恐惧。

说心里话，大婶的确很能干，无论家里还是田间，比爹还厉害。她的话很少，一天也少有闲着的时候，总能找出一些活来干。可是我却无法把她放到娘的那个位置上，没人能取代娘在我心中的地位，谁也不能！八岁的妹妹开始自己洗衣服了，她的衣服绝不让大婶碰，包括她盖的被子。那时已是冬天，妹妹的手冻裂了几个口子，可她还是自己洗衣服。有一次她的手疼得实在洗不了，便放在地上想第二天好些再洗。第二天早晨，妹妹发现那几件衣服已洗好晾在外面了。她大怒，指着大婶问："是你洗的吗？"大婶赶紧摇头，说："不是，不是，我不敢给你洗，是你爹心疼你给你洗的！"爹在一旁说："是我洗的！"妹妹这才罢休。为了使妹妹放心，当天晚饭后，爹又拿了我换下的几件衣服洗了。又过了些日子，一天夜里我梦见了娘，然后就哭醒了。忽然我就听见院子里有声音，从窗户向外看，我惊呆了，只见大婶正在院子里借着那盏小油灯的光在用力地搓洗衣服，手上冒着白汽，而那些衣服正是妹妹晚上换下来的！原来这么多天一直都是大婶在帮妹妹洗衣服！我心里涌起一种异样的感觉。那么冷的天，她一定是怕在屋里洗吵醒妹妹！第一次，看着丑陋的大婶，我心里一片温暖。

又一天的夜里，我醒后听见大婶又在院子里洗衣服了，心里忽然很不是滋味。这时，妹妹翻身起来了，我的心提到了嗓子眼儿，不知妹妹将要怎样和大婶吵一场。只见妹妹衣服都没披就出去了。隔着窗户，我看见妹妹端起大婶面前的盆子就进了屋，大婶好像吓着了似的愣在那里。然后妹妹又来到院子里，一声不吱地把大婶拉进了屋。妹妹回来了，躺在了炕上。过了一会儿，我听到外屋传来大婶尽量压抑着的洗衣服声。那一晚，妹妹一直在翻身。

第二天早上，吃早饭的时候，大婶很小心的样子，不敢看妹妹。吃过早饭，我们要去上学的时候，妹妹忽然摘下脖子上的红领巾递给大婶，说："大婶，今天帮我把红领巾洗洗吧！"大婶接过红领巾，愣了一下，忙慌乱地回答:"哎、哎!"我看见她眼中闪过一丝泪光。这是妹妹第一次叫她大婶,第一次让她洗衣服,可她却满足得像过了年一样。我看见爹也在一旁憨憨地笑着,大婶转过身去偷偷地擦眼睛。

叫你一声妈

就这样大婶、大婶地叫着,我们都上了中学。这几年里,我们已经习惯了有大婶的存在,她对我们三个人的照顾,就算心肠再硬的人也要被感化的。虽然我们还叫她大婶,虽然她依然那么丑,可在内心最深处,我知道我们已经接受她了。可是娘的音容笑貌一直不曾在生命中淡去,对大婶多一分接受,我就会觉得是对娘多一分背叛。所以我无法对大婶更好,虽然她正在对我们越来越关爱。

我考上县里的重点高中后,大婶做出了一个大胆的决定,那就是把家搬到城里去。大婶说城里的钱好挣,而且我和妹妹上学也方便。爹没有意见,于是卖了房子卖了地,我们搬进了城里。进城后,许多想象不到的困难都来了,生活一下子陷入了最艰难的时期。我们都埋怨大婶,本来在农村这几年已经生活得很不错了,穷折腾什么呢?

大婶二话不说，每天都骑着三轮车去市场上卖菜，爹也找到了一个给人晚上看仓库的差事。在租来的房子里，爹和大婶开始为生活而奔波忙碌了。

我要参加高考的时候，大婶已经在这个城市里奔走了三年。三年的时间，这个城市的每一条街道都印满了她的足迹。三年的时间已把大婶变成一个苍老、憔悴的老太婆。为了这个家，她付出了太多啊！此时的妹妹因为没考上高中，进了县里的火柴厂成了一个工人。她已经出落成一个美丽的大姑娘了。有那么一段日子，妹妹谈恋爱了，和一个很帅气的小伙子。可是谁也没有想到大婶会在这个时候坚决地反对，她一反往日对妹妹的百依百顺，就是不许她恋爱。妹妹气得大喊大叫的，眼看着这些年慢慢培养出来的感情就要断绝了。大婶第一次这么固执，她甚至去跟踪妹妹，常常在妹妹和那个男的卿卿我我时出现在他们面前。第一次的时候，那男的问妹妹这老太婆是谁，妹妹说不认识。可是三番五次下来，那个男的便怀疑了，当着大婶的面问妹妹："她到底是谁？"妹妹说："是我大婶！"这时大婶发话了："我是她妈，我不会让她跟你在一块儿的！"妹妹和那男的都愣住了，最后那男的头也不回地走了。回到家里，妹妹狠狠地闹了一场，对大婶哭喊着："你是谁妈呀？这辈子也别想当我妈！叫你一声大婶就不错了,你怎么蹬鼻子上脸啊!"大婶只是一声不吱,默默地往三轮车上装菜。三个月后的一天晚上,我们在收看县里电视台的节目时,竟然看见了当初和妹妹处对象的那个男的。他站在审判席上,被判了死刑,因为他故意杀人。我们全呆了,过了好一会儿妹妹忽然扑进大婶的怀里哭起来,一边哭一边说:"大婶,大婶,我害怕啊!"大婶抚着妹妹的头说:"别怕,孩子,大婶不会让人欺负你的!我每天在大街上走那么多次,还不知道他是个什么样的人吗?"妹妹搂着大婶,整个晚上也没放开。

我收到大学录取通知书的时候,大婶是全家最高兴的人。不识字的她用手抚摸着通知书,一遍一遍地看着,手在微微地抖着。

临走的那一天晚上,一向节俭的大婶买回一大堆好菜,还有我路上带的,然后便进厨房里忙上了。我和爹在里屋说着话。一转头,透过墙上的玻璃看见灯光里大婶的侧影,突然有了一种说不出的感动。那是一个标准的母亲的身影,因为儿子就要远行了,兴奋、担忧、祝福、牵挂……一切尽在不言之中,灯光下的大婶显得那样地苍老,想这十年来她为我们家所操的心,一瞬间我有一种想哭的冲动,真想开口叫一声"妈",然而,终究没有叫出口。

在外地上学的日子，大婶每个月都给我寄钱来。她不认字，汇款单都是妹妹填写的，可我知道留言栏里的话一定是她说的，妹妹写上去的。为了减轻家里的负担，我有两年的时间没回家。在假期里打工，挣自己的学费和生活费。再次回到家的时候，是大三，妹妹结婚的时候。

妹妹要嫁的是一个非常本分的男人，大婶一提起来便抑制不住内心的喜悦。妹妹出嫁的那天早晨，大婶给妹妹梳头，这是我们家乡的风俗，女儿出嫁当妈的梳头。大婶站在妹妹的身后给她梳长长的头发。一下一下，动作缓慢而忧伤，嘴里还轻声哼着那首不知流传了多少代的歌："一梳梳到尾，二梳梳到儿孙满堂，三梳梳到白发已齐眉。"镜中妹妹如花的脸和大婶布满皱纹的丑脸对比是那样鲜明，妹妹大颗大颗地掉眼泪。大婶说："做新媳妇了，不哭啊！"妹妹转过身来抱住大婶的腰，流着泪叫了一声："妈！"大婶手中的木梳掉在了地上，脸上也是老泪纵横，抚着妹妹的头，说："妈的好孩子，不哭，不哭！"

接亲的来把妹妹接走后，我在家里陪着大婶。她对我说："我亲生女儿嫁人的时候，都没有叫我一声妈啊！"这是她第一次和我谈起她曾经的生活。看着她忧伤的样子，我忍不住叫了一声"妈"，又叫出了她的满眼的泪水。在妹妹出嫁这一天,她终于等来了这声"妈"。十年了,她毫无保留地为这个家做着奉献,而我们却这样吝啬那一个字。

妹妹结婚后不久,爹和妈就搬回乡下去了。他们已没有什么心愿了,只等着我毕业找个好工作就彻底放松了。他们实际不习惯城里的生活,于是又买回了老房子,过着过去的生活,这也许是他们的最大心愿。

叫你一声娘

大学毕业后,我分配回县里的一所中学任教。此时家里已安了电话,我每周都打电话回去。我是在周六的晚上给家里打电话,这是一直不变的,每次都是电话一拨就通,然后便能听见妈那温暖的声音。我回去的次数较少,一个月左右才能回去一次。每次回去,妈都欢天喜地的,张罗一大桌好吃的,问这问那,很是关心我的生活情况。想起从前她在我们面前从不敢多说话的,这让我心里愧疚不已。

有一个周末,我忽然就想回家。不知什么原因,这种感觉异常强烈,于是不顾天快黑了,仍上了回乡的汽车。

下了车后还要走十里的村路。此时天已很黑了。到家时已快九点了，进了院子，透过窗子我看见妈正坐在电话机旁，一手按在听筒上，脸上满是焦急的等待的神情。我忽然想起今天还没打电话呢，也明白了每次打电话一拨即通的原因。见我进来，妈一下子站了起来。十多年来，我从没看见过她这种神情，有掩饰不住的兴奋惊喜，有一丝担心。刹那间，我的心忽然就涌起了一种流泪的冲动。妈惊慌起来，忙问："出了什么事了？"我擦着眼睛说："没事，就是想你了！"妈的眼里一下子就溢满了泪水。我的心里有一种温柔的疼痛。我的后妈就是这样的一个人，那么容易满足和感动，可我们过去太无情、太吝啬了。

那一年冬天，我在爱情上受了一场挫折，几乎击溃了我所有的梦想与希望。那是一个下着大雪的夜，刚刚告别了生命中第一场爱情，我躺在床上昏昏沉沉的。可能是在外面走得太久了，我发起烧来，迷迷糊糊的，心似浮萍。不知过了多久，忽然传来急促的敲门声，我踉跄着开了门，一个人影走进来，身上落了一层厚厚的雪，我惊叫了一声："妈！"然后便用手巾给她往下擦身上的雪，她头发上的雪擦掉了可依然是雪白一片。哦，是岁月的大雪染白了妈的头发啊！我问："妈，你怎么来了？"妈说："你今天没打电话回去，我打了过来也没人接。等到天黑也打不通,以为你出了啥事,便来了,可没车,就走着来了!"妈是走来的!四十里的路,大雪的天,六十多岁的年龄!我紧紧拥住她,热泪如泉涌。所有的伤痛在深深的母爱面前都已微不足道,心已暖暖的复原如初。窗外落雪的声音越发轻柔,就像我悄悄流下的泪。

一年后终于又迎来自己的爱情,而且要结婚了。最高兴的还是妈,忙着做新被,来帮我收拾屋子。六十多岁的人了还是那么有精力,她刚刚给妹妹带了一年的小孩啊!在婚礼上,妈和爹坐在前面接受我和爱人的行礼,我看见妈还有些紧张。我叫过妹妹,在众多亲朋好友的注视下跪在妈的脚前,说:"从今天起我们正式改口,让我们叫你一声'娘'吧!"在我们的叫声里,娘的脸上淌满了泪水,酒店里响起了热烈的掌声!

泪光中娘的白发那么刺眼。娘,就让我们这一声声迟到的"娘"滋润您那渴望了二十年的心,让您晚年的岁月丰盈、生动,无怨无悔!

风从花里过来香

十四岁那年,我家从农村搬进了城里,于是最困难的日子开始了。生活在城里,几乎每一处都要花钱,不像在农村,吃的基本可以自给自足。一家五口全靠父亲的工资生活,艰难至极。

那时我们租住在一间房子里,极小,有一个狭窄的院子。母亲找了很多零活干,糊过火柴盒、卖过冰棍、搓过麻绳……比在农村时还要辛苦。可即便如此,母亲还抽空儿在院子里种满了花,只留了一条窄窄的过道。夏天的时候,那些花已经开得摇曳生姿。每天傍晚,我们便坐在院子里纳凉。微风过处,清香满院。有花的日子,成了我们在困难岁月里唯一的亮色。

我在县里的第四中学寄读,夹杂在那些穿着新潮的城里的学生中间,我是土得那么显眼。我可以感觉到同学们对我的嘲笑与轻蔑。更要命的是,我在农村中学一直引以为傲的学习成绩,在这里竟然是班级的最后几名,甚至跟不上老师的讲课速度。这让我有一种耻辱感，自尊心也受到了前所未有的打击。当又一次拿着成绩单回到家时，母亲正在院子里浇花。她接过成绩单看了看，拍了拍我的头，并没有责备我。浇完了花，母亲对我说："你看这些花草，一开始都打了好多骨朵儿，只是有的大些有的小些，总是大些的先开花，然后慢慢地小骨朵儿也开了，到最后就全开了。"我不明所以地看着母亲，不懂她为什么这个时候给我讲起花经来。母亲说："你的语文不是原来学得最好吗？先把语文赶上去，其余的慢慢来，让这个大一点的骨朵儿先开花吧！"我忽然充满了感动，只读过初中的母亲竟然能把花和我的学习联系起来，心中蓦地涌起一股温暖的力量。

那时，我作文写得好，于是便极认真地去写老师留的每一篇作文，终于我的作文被老师作为范文拿到各班去念。作文的成功带动语文成绩迅速提高，再次考试的时候，我的语文成绩已是进入班级的前十名了。虽然别的课程还是不行，可这已经很让我兴奋了。母亲知道后笑着说："语文这个骨朵儿已经开出花来了，接下来别的骨朵儿也该开了！"我笑着点头。

语文的成功极大地激发了我的学习热情。在半年后的期末考试中，我各科成绩都已大幅度提高，总成绩进入了班级的前三名。还是那身很土的衣服，还是透着农村孩子的质朴，可是同学们都已对我刮目相看了。当时已是冬天，院子里的花都谢了，可我的那些花儿正在美丽地开放着。

几年以后，家境渐渐好转，我们也有了自己的房子，母亲依然在院子里种满了花草。那些花儿陪伴我们度过了最艰难的日子，它们并没有因为我们的贫穷而拒绝开放，它们装点着我们所有的黯淡的际遇，并点燃了我们心中希望的灯。因为我们有着像花儿一样的心情，因为我们渴望生活能像鲜花一样绽放。

许多年过去了，我历经了工作、成家、养子，其间有过挫折也有过失败，可还是一路走了过来。因为记忆的风从岁月深处吹来，带来的那缕清香，常会使我的心在濡湿中充满了信心与勇气。

那一片花香会洇染我以后所有的日子，让我的生命永远散发着希望的芬芳！

母爱的圣灵

这两个故事也许会让你铭记一生。

有个即将出生的孩子问上帝："听说您就要把我送到人间去了，我这么小、这么无助，在那里怎么生存呢？"上帝说："我在众多的天使中给你挑了一位，她会照顾你的。她每天给你唱歌，对你微笑，你会感受到天使对你的爱！"孩子说："如果我不懂人类的语言，别人对我说话时我怎么能明白呢？"上帝说："你的天使会告诉你最美好的词语，耐心地教会你说话！"孩子又问："我听说人间有许多坏人，谁来保护我呢？"上帝说："你的天使会保护你，甚至不惜牺牲自己的生命！"

此时天堂里一片宁静，人间的话语已隐隐可闻。孩子匆匆地小声问："啊，上帝，我就要离开您了，请您告诉我，我的天使的名字！"上帝答道："你的天使的名字并不难记，你可以管你的天使叫妈妈！"

还有一个中国的故事。有一个人笃信佛教，年轻时便离开家,走遍大大小小的寺院求教佛法。他心中最大的愿望就是能见到一位活佛,并为此而不停地奔走着,可是没有一个人能够告诉他活佛在哪里。后来在一个小小的禅院,老禅师笑呵呵地告诉他:"要见活佛并不难啊!你只要按原路走回去,走到最后你会发现一座亮灯的房子,那个没穿衣服、光着脚为你开门的人便是活佛啊!"

他如获至宝大喜而去。走啊走,过了几年,他几乎走完了过去曾经走过的路,可是还没有找到活佛。一天夜里,他匆匆赶路,忽然发现远处有一点灯光,温暖而亲切。他加快脚步,终于来到房子前,他惊奇地发现已回到了当年出发的起点——自己的家。他激动地抬手敲门,院子里传来急促的脚步声。门开处,他的母亲没穿衣服和鞋站在那里,她等这一天已经许多年了。他终于找到了活佛。

慈祥的母亲便是我们的天使,便是我们心中虔诚朝拜的活佛啊!无论身在何处,母爱的涓涓细流永远滋润着我们的心。十年百年,千里万里。

回　家

世上有一种思念最绵长。月圆的晚上独居客舍，乡愁如月色般弥漫在离家的千里路上，心中微微地疼痛夹杂着回忆的甜蜜，乡思无限啊！那该是最美的思念。

世上有一种心情最温馨。坐在疾驰的火车上，想象着长长铁路的那一端有一所叫家的房子，矮矮的屋檐下童年的梦还在萦绕，有一盏灯永远亮在心底，温暖着漂泊的孤单。故乡渐行渐近，心情该是何等的急切与激动啊！

少年时不解离愁，更不知回家的滋味，只能在故事中让自己的心一次次潮起潮落。曾经看过一篇小说，一位女知青在插队时带着一支竹笛，常常在黄昏时，带着村里的那个小孩坐在草原上，对着空荡荡的天地吹她最心爱的《牧歌》，吹得满眼泪水。那个小孩和她学吹笛，可总是掌握不好自己的口型，她自己也无法说清楚。后来，她返城了，那个小孩也上了大学。许多年后那小孩收到了她的一封信。信中说：我想明白了，吹笛时的口型跟我们说

"回家"的"回"时差不多。

那一年我离家去他乡寻找心中的梦想,走的时候家门前的丁香花正开得一片深情,妈妈就站在门前看着我走远。这个情景常在我的梦里出现,使得我在寂静的夜里听那首著名的萨克斯曲《回家》时,黑暗中泪流满面。再一次回到家乡已是四年后,家门前的丁香依然开得一片灿烂,只是花下的妈妈头发已经白了,白发刺痛着我的双眼,让我心底生起阵阵无言的感伤。

一所普普通通的房子因为有亲情的存在,便成了游子们心中最最温馨的港湾,无论十年百年,无论千里万里,永远是我们灵魂的栖息地。一次在车站候车,候车室的广播中反反复复播放着王杰的那首《回家》:"回家的感觉就在那不远的前方/古老的歌谣已许久没有大声唱/我在岁月里改变了模样/心中的思念还是相同的地方……"我看见许多人都在凝神静听,脸上带着笑,眼中含着泪。我相信,他们一定正在回家的路上。

我们此生也许一直要在外漂泊下去,可我们永远不会忘记那个遥远的房子,因为它有一个美丽的名字,因为里面生活着我们最可亲可爱的人。感谢命运给了我一次次离家的机会,才让我一次次体会回家的心情。就像张晓风在一篇文章中所说的,不离开家怎么回家啊!

可我知道,无论回家多少次,每一次坐在回家的车上,我都会泪流满面。那该是怎样滚烫的泪、炽热的心啊!

刻在新年上的笑容

年就像一桶老井里的清水,洗去了四季的风尘,洗亮了暖暖的笑意;年更像一壶陈年的酒,醉了春夏秋,对联的红印进了经霜的脸。每一个新年,每一个窗口,都满溢着真心的笑,仿佛流年里的感动,随着岁月一同镌进心底。

爷爷的笑是皱纹里流淌的温暖。有一年过年前,爷爷带着我去野地里折最漂亮的树枝,回来后粘贴上各种颜色的彩纸树叶,绑在灯笼杆顶上。当灯笼杆竖起,红红灯笼高高挂起,当一片光点亮飘雪的夜,也点亮了我们欢快的笑容。我记得灯笼杆上贴着的是"太公在此"四个字。传说中姜子牙封神,却忘了自己,最后只好守着灯笼杆,保佑着一家的平安。那时候有爷爷在,我们心里都很踏实,爷爷才是我们家的"太公",才是我们家的保护神。后来,爷爷去世后的许多年里,虽然灯笼依然会在年夜里亮起,没有了那身影,没有了那笑容,心里都会有着无尽的怀念。

而父母的笑则是欣慰中带着欣然。一年的辛苦，不管怎样，在这一天，在这个正月里，只要有了欢乐，就是最大的收获。父亲的笑容是沧桑中的舒畅，母亲的笑容是忙碌中的喜悦。当我渐渐长大，回想那些逝去的时光，才发现，只有过年的那些日子，父母的笑容才是从心上溢出来的。那时的生活很艰难也很劳累，而父母的笑容，也多是因为我们而绽放。

我们那时真的很无忧，总是在腊月的盼年情绪中，忽视了父母脸上的沧桑，忽略了父母一年的辛劳，只在意眼前过年的热闹。也许，在过年的时候，真正从里到外透着笑的，就是我们这些孩子。那样纯澈的笑容，竟渐渐失落于成长的风尘之中。不知从哪一年开始，过年已不是心心念念盼着的日子，也不再有那么纯真的笑容。于是思绪像潮，只能在回忆中一遍又一遍地回味永不再来的快乐。

在团圆的时刻，在充满欢乐的饭桌上，亲人围坐，每个人都洋溢着笑容，温暖着雪花飘飞的新年。那个时候，爷爷的笑容就像烫热的酒在翻花，父母的笑容就像炉中旺旺燃着的火，而我们的笑容，更像扑落在窗上的雪花，灵动着洁白的心境。很眷恋那样的场景，所有的亲人都在，都在笑。可是，一切却渐渐遥远，过年的时候人越来少，爷爷不在，姐姐们出嫁，总有着难以弥补的寂寥。

许多年以后，只剩下父母，独对新年的冷清。有时候，我们也会回去和父母一起过年，那样的时刻，父母的笑容依旧，却都垂垂老矣。虽然人也多了起来，但一想到散后的父母依然寂寞，就总是歉意满满。我分明知道，只要有一次这样的团聚，父母就会满足、幸福，他们心底从无怨怼，可是，这却是我们心上永远的疼痛。

不管怎样，那些亲切的笑容曾温暖过我太漫长的岁月，已然在我心上留下了不可磨灭的印痕。每一触动，就会惊起满满的回忆与幸福。如此，就足够了。

老小孩

都说人老了脾气会变得像小孩一样,我爷爷就是这样的人。无论什么事他都要参与。如果不让他发表意见,他就会生好几天的气;如果你真的让他做什么决定,他会说:"你们自己看着办吧!"

有一次爷爷从外面回来,满脸怒气,饭也不吃。父亲问他怎么了。他说:"下午和老张头下棋,我吃他的车,他要缓一步,我同意了。可轮到他吃我的车,我要缓一步,他死活不干!"不管我们怎么劝他,他都闷闷不乐。过了两天,爷爷兴高采烈地回来了,进门就说:"老张头让我连赢三盘!"那天晚饭,他高兴得还喝了杯酒。

爷爷有一串钥匙,钥匙链上串着一小串古钱,很好看。我向他要过好几次,他都不给,后来我对他说:"你要是不给我,我哪天给你偷来!"那些天爷爷处处防着我,甚至睡觉时都用手握着钥匙。有一天我生了重病,每天都躺在炕上打吊瓶。那些天由于病痛我一直闷闷不乐,和谁也不说话。爷爷急了,便把那串大钱从钥匙链上摘下来,递给我,说:"你拿去玩儿吧!"我心里一热,冲爷爷笑了。爷爷见我笑了,他也咧嘴乐了。病好后我把大钱还给了爷爷,说:"这几天我已经玩够了。东院小胖正惦记它呢,我怕他偷去,还是放在你那儿安全!"爷爷把大钱重新拴在钥匙链上,不停地用手抚摸着,脸上全是笑意。

过年时姐姐和姐夫回来,他们拿着相机给大家照相,先照全家福,然后便单个照。照来照去的,二姐忽然问:"爷爷呢?"大家这才发现照过全家福后就把爷爷忘了。于是赶紧出去找,爷爷正蹲在院子里生气呢!姐夫说:"爷爷,刚才的胶卷不好,没给您照。这次换了一个好的,专门给你照,你想和谁合影都行!"爷爷一听,乐了,说:"那我得去换件衣服!"大家全笑了。

没过几天我父亲去老姑家串门儿,老姑家离我们村有十八里路,回来时天已黑了,还下着雪。我和父亲走到村口,看见一个人影站在那儿,身上落了一层雪。走近一看,竟是爷爷!父亲问他这么晚了怎么不在家里待着,爷爷说:"天太黑,我怕你们找不着回家的路!"

那一瞬间,我看见父亲的眼中有泪光闪动。

恋恋南园

夏日的清晨,是最美的时候,南园中光彩重生。所有的绿叶都闪烁着露珠的晶莹,所有的花朵都从睡梦中醒来,所有的果实都带着甜蜜的微笑。

家中有两个园子,南园是菜园,北园是果园。我喜欢南园,攀在架上的黄瓜和豆角,站着的青椒和西红柿,趴在地上的角瓜和倭瓜,层次分明,色彩罗列,一处处刷新着我的视野。土墙上爬满了牵牛花,红蜻蜓和白蝴蝶翩翩地飞来飞去。南风起处,所有的一切都摇曳生姿。

那时母亲常在南园里忙碌,每当满园的姹紫嫣红点燃了朝霞,母亲的身影就已在园中了。在淡金色的光芒中,母亲摘下翠绿的黄瓜、鲜嫩的豆角,准备着早饭。

园墙是用土垒的,墙皮已脱落得斑斑驳驳,就像不经意间流走的岁月。那时常在墙角寻觅一种叫黑悠悠的野生植物,它结着一串串黄豆大小的果实,黑黑的,很甜,我们常吃得满嘴黑乎乎的。站起身,透过豆角秧细密的缝隙，便能看见母亲弯腰干活的身影。那时还不知道，汹涌而来的日复一日，终会压弯母亲的腰。

喜欢夏天的中午，花狗躲在门后大口喘着气，小鸡们蹲在阴影里瞌睡，燕子在檐下轻轻地呢喃。和姐姐们端一盆清水放在院子里，穿着塑料凉鞋，互相撩着水扬着，清亮的水在阳光下划过一道绚丽的光，鸭子奔跑着去啄落在地上的水泡。水泡破灭，鸭子失望地蹒跚着，这时在园中拔草的母亲便会抛出一把青草来，于是鸭子们便欢涌而上。

许多年以后，一到夏天，便会想起那一盆清水，那一双塑料凉鞋，还有，姐姐们的笑脸。

晚上，在院子里乘凉，指着天上的银河，母亲便给我和姐姐们讲牛郎织女。说七月初七那天的燕子很少，便是去给牛郎织女搭桥去了。还说不撒谎的孩子，在七月七的晚上，在黄瓜架下，便能听到牛郎织女的窃窃私语。

于是到了七夕，我们蹲在南园中的黄瓜架下，屏心静气，除了蚊子在耳畔轻吟，哪有什么天上私语？于是便懊恼地想起，自己曾经是说过谎的。

后来读书的书渐多，才明白，神话里七月初七那天，去搭桥的是喜鹊，而七夕偷听天上私语的地方，也不是黄瓜架下。是母亲制造了一个离我们那样近的神话，让我们的童年充满了惊喜。

　　当时光如流水般远去,南园依然在心底郁郁葱葱,隔着那么多的岁月,从记忆深处渗透过来的那一片温馨,芬芳着所有的来路。与往事重逢,心中总会有感动在涨潮,忽然明白,一直深深眷恋和怀念着的,是母亲在南园中劳碌的身影啊!

满溪流水香

夜里,去上零点班,路上空明如积水。抬头看,圆月挂在中天,暗蓝的夜空衬出那一轮鹅黄来。心中忽然也一片澄明,一种亲切感涌上来。还是这个月亮,曾照过那个小小的村落,照过我寂寞的童年。

家是一个低矮的草房,屋檐下坠满了我的回忆。门前是一条小溪,清清亮亮的,一座木板桥横在上面。两边长满了野花野草,花香和流水的潺潺同时漫过来,于是家便被一种温柔的静谧包围了。

有月亮的晚上,我会坐在小木桥上,把赤着的脚伸入溪中,搅乱水中的月影。满溪的流水泛着粼粼的银光,风从花香里过来,明月高高,所有的一切都那么轻柔地发生着。

那时的母亲常在月圆的晚上在溪边洗衣服,坐在桥上,凝视着母亲年轻的身影,看那一双手揉碎了水中的月亮,那时还不懂得,岁月的溪流终会流走母亲的年轻时光。溪水洗过的衣服,有着淡淡的花香,于是相信,那些摇曳的花儿把溪水也浸染得清香了。

有蛙鸣,有蟋蟀的琴声,有清风明月,有流水花香。梦中反复出现的,都是美好的影子。可是,多年以后,这一切竟都无法让人入梦。有时可以清晰地记起,细细的风吹起的浅浅的波纹,吹入花丛簌簌地响,可是梦里,梦里再没有那样的月夜。故乡比梦更遥远了。

秋风起时,落红片片,随波逐流。花儿用飞临的姿态,把一脉清香传给了溪水。花儿谢了,溪边高高的茂草也变得洁净起来。溪水宽不足两米,我常常一跃而过,扑倒在草丛中,就躺在那里,伴着身边的流水,看月亮从草尖上爬过天空。

不会再有了,日子已如流水般远去。不会再有了,在花草丛中看不变的月升月沉。不会再有了,岸边母亲年轻的身影。

是的,一切都不会再有了。只有那满溪的流水清香,浸染那些汹涌奔向眼底的日复一日,年复一年。

母亲的信

母亲这辈子只写过一封信,因为她一个字也不识。

那一年我高考失败,心情烦乱,又因为和父亲吵了一架,便毅然离家出走,奔向了未知的远方。坐在火车上,想象着家人因找不到我而焦急的样子,我的心里有一种报复后的快感。

流浪在外,没有本领没有阅历的我四处碰壁,历尽艰辛,想家的心情夹杂着阵阵的伤感,当初对父亲的怨恨也早已烟消云散,有的只是愧悔与歉疚。终于,在漂泊了近四个月后,我踏上了回乡的列车。回到家才发现,父母几个月来已憔悴了许多,他们没有责骂我,只是张罗着给我办上补习班的手续。

第二年我去上大学离家的前夜,妹妹忽然拿出一封信递给我,信封上一个字也没有。信纸上写着这样两句话:"当你睡在我身边的时候,我总是能够为你盖好被子;当你离开我的时候,我只能合拢双手为你祈祷。"字迹整齐而稚嫩，我一时想不起是谁写的。妹妹告诉我，去年我离家出走以后，找了所有该找的地方都没有结果，母亲便整夜地睡不着觉。有时便让妹妹给她读杂志上的文章，一次正好读到一篇关于孩子离家出走的文章，便有上面那段话。母亲听后很伤感，便让妹妹反复读了好几遍，还拿过书让妹妹指给她那段话。于是，不识字的母亲开始拿起笔一个字一个字地照抄那段话。两个月后，她挑出一张写得最好的想寄给我，却没有我的地址。我回家后她也不让妹妹把信拿给我看，直到今天妹妹终于忍不住了。手捧信纸，我的泪流了出来。

以后的日子中，母亲的信一直陪在我身边，我常常想起在无数个不眠的夜里，不识字的母亲怎样艰难地一个字一个字地写着，把一份深深的母爱描绘进我少不更事的心中。母亲的信是我一生中看过的最感人的文章、最美丽的字！

父亲的手

那是怎样的两只手啊,上面结满了老茧,还有一些在干活时留下的疤痕。那双手仿佛总也洗不净,常年是带着泥土的黑色。就是这样的一双手把一个屋顶慢慢地托起,就是这样一双手给我撑出一片成长的天空。

小时候觉得这双手很有力,一下子便能把我高举起来,那时的我还不知道,为了能把我举得更高,父亲付出了一生的努力和心血。当时坐在父亲宽大的手掌上,只是发现平时的东西都变得矮小,而世界却变得更大了。我喜欢在田间垄头看父亲舞动锄头挥汗如雨,喜欢看他在劳累了一天后用粗糙的手捏起小小的酒杯。童年的天空里,父亲的手就是头顶的一把伞,为我挡风遮雨。

只是有一次,那宽厚的手掌狠狠地打在我的脸上。那时我已上小学,由于总想着玩,所以经常逃课。终于有一天老师找上门来,父亲打了我一耳光,我能清楚地记得那手掌和我的脸接触的瞬间,光是感觉到那手的粗糙,然后便是疼痛。从那以后，我再没逃过学，而且学习成绩一直在镇上名列前茅。我不是因为怕父亲的巴掌，而是怕看到父亲打我时那伤心失望的眼神。那是父亲仅有的一次打我，许多年以后他还对此耿耿于怀，后悔当初不该打我那样狠；而我的心中却全是温暖与感动了。

那一年的冬天，祖母去世了，这给父亲带来了极大的打击。入土后，父亲跪在坟前，双手敲打着冰冻的地面，是那样的无助与无力。那时我才知道，父亲也有软弱的时候，也有无能为力的时候，那双手是不能挽留住一切的。

那时我家和邻居家不和，常因为院墙的归属问题而吵架。每当两家隔墙相骂的时候，我就想父亲应该用他的手去教训他们。可是他却总是把骂阵的母亲劝回来，从不和邻家针锋相对。我们两家仅有一墙之隔。那墙很高，当时搞不清这墙到底归谁家所有，吵吵闹闹的有十几年了。一次，邻家九岁的男孩爬到墙上玩。当时父亲正蹲在院子里抽烟，只是笑眯眯地看着，要是换成母亲早把那孩子赶下去了。忽然那孩子一不小心从墙上向我家院里摔下来，父亲快速地冲过去，用他的双手把孩子稳稳地接住。然后让他回家去了，自己依然在那里抽烟。此后我们两家仍然常因院墙而吵架，而父亲从来不提这件事，就像从未发生过一样。倒是后来邻家知道了，主动来我家道谢，并商谈院墙的问题。父亲笑着说:"咱们大人吵架有孩子什么事?不要再提了。"那以后我们两家的关系便变好了,那是父亲那双手的功劳啊!父亲就像他的手一样朴实而厚道,无言地让我知道了做人最朴素的道理。

那些年,为了让我好好读书上学,父亲从不让我下地里干活,只是一个人用双手把这个家支撑下去。后来,我上了大学,父亲从心里高兴,那天他举杯的手在微微颤抖,我的心里却更难过,我知道我这一去上学父亲肩上的担子就更重了。在我上学期间,父亲只给我写过一封信,只有寥寥几句,可是我却从中看出了他的牵念与爱。父亲的文化有限,一辈子也没写过几次字,用他的话说就是他的手和笔是无缘的。我无法想象在劳累了一天后的夜里,在家中昏暗的灯光下,父亲粗糙的手怎样小心地握着笔,怎样一字一字地写着,把对儿子的一片爱慢慢地描进那小小的一张纸中。我想那要比他干任何重活都要累吧!那封信成了我一生要珍藏的东西,无论走到哪里,我都带在身边。

再后来,我参加工作了,在一个遥远的城市。那时我家已安了电话,我常常打电话给父亲,听着他关切的言语,想着他的手怎样握在话筒上,我的心总是在感动中慢慢濡湿。去年父亲来看我了,我发现他的手已不再像从前那样大而有力，而是变得很瘦，布满了皱纹。不变的只有那些掌心的老茧，还是那样坚硬，把我的心硌痛着。我陪父亲去洗澡，让他洗去路上的风尘。我给他搓背，那瘦瘦的脊梁像一道道山岗堵在我的心中。然后父亲又给我搓背，我能感觉到他的手依然粗糙，就像我小时候感觉到的一样。搓着搓着，父亲的手在我背上轻轻抚摸起来，他的温柔通过粗糙的掌心传到我的心里，让我有一种想哭的冲动。终于，在雾气蒸腾的浴室中，我的泪悄悄地滑落脸庞。

那些花儿陪伴我们度过了最艰难的日子,它们并没有因为我们的贫穷而拒绝开放,它们装点着我们所有的黯淡的际遇,并点燃了我们心中希望的灯。

最美的雪人

林雪是一个八岁的女孩,家在大山深处,父母靠山上那一点果林过活,日子很艰难。可是即使拮据至此,父母还是让林雪上学了。在这个村子里,许多人家的孩子是不上学的。

林雪喜欢读书,特别是一些童话故事,山村里书少,她便去那些在外面上中学的哥哥姐姐家借。寒假的时候,她除了写作业,便是坐在暖暖的火炕上看书。那年冬天雪特别大,下雪时漫山遍野像穿了厚厚的一层银装。只是这里冬季气候暖和,雪一般一天就化掉了。她刚看完一篇叫《雪孩子》的童话,便也想堆个雪人,看他能不能复活,陪自己说话。

林雪来院子里,刚刚下过一场大雪,她把雪扫成了一堆,做成雪人的身子,又滚了一个大雪球做脑袋,插了两把笤帚做胳膊,用两颗石子当眼睛,拿一根胡萝卜当鼻子,最后把自己的帽子戴在雪人的头上。雪人堆成了,可她怎么看也不好,这样的雪人怎么能复活呢?于是她把雪人推倒重堆,不顾小手已冻得通红。可是堆来堆去的,怎么也堆不成像样的雪人。这时爸爸从外面打鱼回来了,看林雪冻得那个样子,便问她在做什么,林雪说:"我在堆雪人,可是怎么也堆不好!"爸爸说:"来,我们一起堆一个!"于是父女俩动起手来。可是就算有爸爸参加,堆成的雪人也还是老样子。已是中午,太阳明晃晃的,雪已经开始融化,看来雪人是堆不成了,林雪忽然觉得心里很委屈,便流下泪来。爸爸抱起她说:"等下次下雪了,爸爸一定给你堆一个最美的雪人!"

可是一连好几天,天都晴晴的,没有下雪的迹象。林雪一直闷闷不乐。她的生日快到了。她是在腊月出生的,出生时天降大雪,所以起名叫雪儿。她多希望在生日之前能下场大雪,爸爸就可以给她堆一个像她一样漂亮的雪人了。有一天凌晨,林雪被外面的响动声惊醒,天刚刚放亮,她向窗外望去,惊喜地发现外面正下着大雪。忽然,她看见一个人影正在院子里忙着,是爸爸,他在给自己堆雪人!她就一直在窗后看着爸爸。爸爸把雪人堆成了又推倒,似乎总不满意。她心里忽然涌起一阵暖流,不看雪人,只看爸爸的身影在雪的背景下忙碌着。

最后,爸爸终于堆成了一个比较满意的雪人,站在那里久久地看着，看有什么不完美的地方。大大的雪花依然在飞舞着，爸爸的头发上身上落了厚厚的一层雪，白白的，就像一个大大的雪人一样。林雪小小的心中忽然一疼，便穿上衣服跑到院子里，叫了一声爸爸。爸爸转过身来，头上的雪簌簌地落下来。她扑到爸爸怀里，说："爸，我不要雪人了，看把你冻的！"爸爸抚着她的头说："明天你就过生日了，爸爸也没什么送给你的，就想给你堆一个好看的雪人，可是却一直也堆不出来。"她哽咽着说："爸，不用了，这个雪人就是最好看的了！"雪停了，父女俩就站在院子里看着那个雪人。

许多年以后，在中国最北方上大学的林雪依然能记起当年的情景。在这个校园里的冬天，许多人都在堆着雪人，雪人也是千姿百态，可是她却再也找不回童年时的感觉。那些雪人在她的眼中根本不值一提。在她的心中，当年在院子里父亲落满了雪的身影，才是世界上最美的雪人啊！

生命中最珍贵的宝贝

第一次走进钱方宏那间小小的收藏室,立刻被他的那些收藏品所震惊了。靠着两面墙各有一个木柜,柜的每个隔层上都摆满了他收集的瓶子。那些瓶子形形色色,有玻璃的、木的、石头的、瓷的、玉的,还有泥的,等等,真是琳琅满目。

我一件件地欣赏着,口中不停地啧啧赞叹。钱方宏是我一个很要好的朋友,他爱好各种瓶子,这些年来,他已经收藏了几千只瓶子,有古代的,有国外的,全而精,可见他为此付出了许多心血。忽然,我发现在木柜的最显眼位置上,陈列着几十只小瓶,我逐一细看,有葫芦状的药瓶、壶状的酒瓶、水果状的香水瓶,越看越是奇怪,因为这些瓶子太平常太普通了,根本没有收藏价值,可他却把它们摆放在最醒目处。我刚想问问他,恰好此时有几个朋友来访,也就没有问出口。

几个月后的一天夜里,钱方宏家里忽然失火,几间房屋几乎被烧成平地，所幸的是没有人受伤。我想，他的那些瓶子是完了，他说不定怎么难过上火呢！可当我去他暂时的居住处看他时，发现他并没有失落的神情。我问："你那些宝贝瓶子都烧坏了，一点儿也不心疼？"他笑着说："我把最珍贵的瓶子抢救出来了！"我舒了口气，说："那就好，快给我看看你最珍贵的宝贝是哪些！"他打开一只皮箱，我一下子愣住了，里面放着的，正是那些没有收藏价值的小瓶！

钱方宏说："你一定奇怪，那些金的玉的不去抢救，单拿这些普通的瓶子，是不是？"我点点头说："是啊，上次就想问你呢！"他把目光投向窗外，仿佛看穿了岁月的烟尘，看到了自己的童年。那时他还很小，就已经失去母亲了，驼背的父亲没有再找，开始了既当爹又当妈的日子。父亲没有工作，便蹬着一辆破三轮车走街串巷地收破烂，或者在垃圾箱里翻找可以换钱的东西。钱方宏那时就很懂事，父亲出去的时候，他便自己在门口玩儿。他时常倚在门上，看别人家的小孩玩那些精美的玩具，可他什么也没有，只能眼巴巴地看着别人玩儿。

有一天，钱方宏从父亲捡回的破烂中发现了一只拇指大小的玻璃瓶，便立刻喜欢上了，他拿着那只翠绿色的小瓶玩儿了很久，爱不释手。父亲看见后，便留上了心，常常给他带回一些小巧的瓶子。他非常高兴，没事儿的时候便把那些瓶子排成队，一个一个地检阅它们。也是从那时起，他对瓶子有了一种特殊的情感。

我问："这些瓶子都是你父亲给你捡回来的？"他摇摇头，拿起一只褐色的葫芦状的小瓷瓶，说："这几个是速效救心丸的药瓶儿，是我爸用过的。我爸有心脏病，很严重，可是却舍不得花钱买药，我上学后，把午饭钱省下来，给他买了一盒速效救心丸，两瓶装的。我看到好几次爸爸犯病时的情形，很吓人，我怕失去他，就给他买药了！可我也只给他买过三盒，他最终还是死于心脏病。我永远记得他拿着这瓶药时的神情，所以就把这些药瓶都收藏起来了！"

说着，他把六个葫芦状的药瓶拿起来，摆在桌上，眼中闪着泪光。那一刻，我忽然明白，在他的心中，这些和父亲有关的瓶子，才是千金难求的宝贝！他所珍藏的，实则是一种深深的怀念和感恩之心，是一段眷眷的亲情。我们太多的时候，都是在追求那些可以用金钱衡量的东西，而对于无价的亲情，却极少去想去珍惜。我希望世人都能看到钱方宏的那些瓶子，从而去爱身边的每一个亲人。无私的亲情，才是世间最珍贵的宝贝！

永远的五瓣丁香

那时候,我刚刚七岁,我家住在一座大山里面。七岁的我还没上学,幺姐已上五年级了。每天我都在幺姐的教室外玩,等着幺姐放学。爸爸去南山采石头,妈妈在北山侍弄果树,幺姐每天既要上学,又要带我,还要回家做饭,可幺姐的成绩却一直很棒。每天放学幺姐带我走五里的山路回家,有时走累了,幺姐便让我背起书包,然后她背起我。伏在幺姐的背上,可以闻到她发间散发的一股清新的气味,很是陶醉。那时,五月的阳光柔柔洒洒,路两旁的丁香开得一片深情。有一次我摘了几朵丁香花戴在幺姐的辫子上,幺姐高兴地说:"呀!小弟,有一朵丁香是五瓣的,五瓣丁香能给人带来幸福,谢谢你,小弟!"看着笑靥如花的幺姐,我心里忽然一阵感动,发现幺姐真的比花还好看。

我上一年级的时候,幺姐已在十二里远的镇上读初中了,成绩依然是最好的。这时候,爸爸在采石头的时候被石块砸伤了腿,而妈妈侍弄的两亩果林也因虫灾而收成大减,家里陷入了空前的困境。这时忽然收到城里姑姑的来信,信中说让我们搬到城里去,说城里好赚钱,卖冰棍都能养活一家人,而且她为爸爸找到一份看守工地的活。总之,姑姑极力劝说我们去城里。一筹莫展的爸妈立刻动了心,商量了一番,便决定搬家。我很兴奋,因为要去城里了,可以看见汽车和楼房了,而么姐却出现了少有的沉默。她问爸妈:"去了城里还让我上学吗?"爸爸点头,么姐脸上却依然没有一丝笑容。于是,卖了果林,卖了房子,卖了一些工具,便举家搬进了县城。

姑姑已为我们租了房子。那份新奇感过去后,种种不曾预料的困难接踵而至:花钱的地方太多了,房租、水电费、买粮买菜,不到两个月,在山里变卖家产所得的那点钱几乎花光。而我和么姐还没有上学,因为城里的学校不收外地学生,对山里来的更是不屑一顾。有的学校收倒是收,不过要花钱,那笔钱对我们来说不啻于天文数字。爸妈依然愁眉不展。后来,爸爸对么姐说:"看来你们两个只能有一个上学的了,这情况你也看到了,不是爸不想让你们念书呀!"么姐的眼神黯淡下去,低低地说:"让小弟上学吧!我出去找事做!"于是我进了附近的一所小学,成了一名"议价生",十五岁的么姐进了一家砖厂,用一把叉子把砖坯叉起来放到车上。刚开始的时候，幺姐的手都磨起了泡，妈妈心疼得直哭。妈妈每天背着冰棍箱子走街串巷地叫卖，辛苦至极。

家附近有个挺大的公园，进城后的第一个春天，我惊喜地发现这里居然也有大片的丁香花。我冒着被罚款的危险采摘了一大把，回到家时幺姐刚刚下班，很累的样子。我把花送给她，说："幺姐，送给你，里面还有五瓣的呢！会给你带来幸福的。"幺姐接过花，很惊喜的样子。她转身时我看见了她眼里闪着的泪光。

时光荏苒，转眼来城里已经六年了，六年中家境并没有什么太大的改变。在生活的重压下，爸妈已经麻木了。我上了初中二年级，幺姐已出落成一个美丽的大姑娘了。她早已不在砖厂了，四年前她去了火柴厂，成了一名合同工。幺姐日复一日地沉默，我再也找不回大山中那个梳着两个小辫背着我走在山路上的幺姐了。如果当初幺姐读书，凭她的聪明好学，她如今一定已是在大学中了。

有一天，姑姑要给幺姐介绍一个男朋友。男方的父亲是县交通局的一个科长，家里很有钱。姑姑说那个男的见过幺姐，很是为幺姐的美貌所打动，如果幺姐能嫁给他，会对家里的情况有好处的。在姑姑的劝说下，爸妈又一次动了心，而幺姐却沉着脸一言不发。姐姐有自己的秘密，这个秘密我知道，因为有几次在放学的路上，我看见一个青年和幺姐一路回来，说说笑笑很是开心。搬入城里以来，我还没见幺姐这样开心过。爸妈看幺姐不高兴的样子，知道她心里不乐意，便也没有再提过。谁知总有不顺。爸爸晚上给看的一个工厂库房被盗，由于有一定责任，工厂要罚爸爸两千元。两千元相当于爸爸一年的收入啊！全家再一次陷入困境之中。这时姑姑又来探听幺姐的态度，看着愁容满面的爸妈，幺姐又一次屈从了命运，她答应和那个科长的公子谈朋友。我看得出幺姐的心在滴血。

半年后，一个初夏的星期天，幺姐出嫁了。那个公子用二十辆车来接幺姐，幺姐没有一点高兴的样子。我一直站在幺姐身旁。上车前，我看见幺姐向一个方向看了一眼。我转脸望去，人丛外，正是当初和幺姐一起走在下班路上的那个青年，他眼中有一种深藏的忧伤。幺姐上了车，我把藏在身后的一束丁香花递过去，说："幺姐，祝你幸福！"幺姐接过花，无声地泪流满面。

然而，这一门婚事并没有给家里带来任何帮助，幺姐白白地牺牲了自己的幸福。那个科长的人家看不起山里来的我们，幺姐为此没少和他们吵架。而那个花花公子不务正业五毒俱全，经常打幺姐。幺姐的婚姻只维持一年半，她毅然离了婚。离了婚的幺姐像变了一个人,她收拾了一个行囊,踏上了南下的列车。我时常为幺姐的命运叹息,可以说幺姐是为了我才放弃了上大学的机会的。

幺姐一去两年没有消息,爸妈一下子老了许多,他们时常后悔当初不该从大山里搬出来,那样幺姐也许还是快乐的。那年春天,距我高考还有两个月时,幺姐从深圳寄来了一封信,并寄回一万元钱。信中说她已经自学考取了企管本科文凭。两年中她四处打工,一边打工一边学习,还钻研股市,如今她已在股票交易大厅的大户室里当了一名操盘手。幺姐还让我努力考上大学,实现她不曾企及的梦想。读完信我心潮起伏,爸妈捧着那一万元钱泪水长流。

那年秋天,在我收到大学录取通知书的时候,幺姐回家来了。两年多不见,幺姐已一洗当年的纤弱,目光中带着竖毅,俨然一个女强人的形象了。幺姐依旧美丽,和她一起回来的是她的男朋友,一个很本分的青年,给人一种亲切感。幺姐如今已是深市大户室中远近闻名的操盘手了,她的前途正一片光明。她真心为我高兴,把录取通知书看了一遍又一遍。后来,幺姐又回深圳了,而我似乎感觉和她有了一些隔膜。

大学期间,幺姐总是按时寄钱给我,这让我感动至极。今生今世，我欠幺姐的太多了。大二那年春天，幺姐又回了一次家。为了看她，我特意从学校请假赶回家去。幺姐真的变了，她再不愿回首从前的日子，我要带她去公园看盛开的丁香，她也不去，她宁愿陪着她的男朋友。

她回去时，我去车站送她。上车前，我把一束丁香送给她，说："幺姐，这里有五瓣丁香，祝你幸福！"幺姐神情一变，接过花，说："现在，我再也不信这个了！"说完她随手一抛，丁香划过一道美丽的弧线落在站台上。我的心一痛。幺姐上了车，我无言地注视着她，她望着远远的前方一言不发。火车慢慢启动了，忽然，我发现她的目光落在站台上那束丁香上，有泪水从她眼中流下来。

幺姐原来一直不曾忘记！哦，幺姐，我的心便是那五瓣丁香，永远祝你幸福美满！

搬　家

在一个地方住得久了,就像与那方水土或者那个院落、那所房子交融在一处,若要搬走,就像拔根断枝一样难受。其实,很少有人在一个地方长长久久地生活一辈子,总要四处迁移。就像我的祖辈们从遥远的地方搬来这里,那种背井离乡的断根之痛,却是为后代寻找一个可以更好生长生存的家园。

我记忆中的第一次搬家,大约是在三四岁的时候,只是有个模糊的印象。那是从爷爷家的大院里搬出来,搬进另一个村庄。新的家并不是自己的房子,冬天时极冷。没住多久,就买了一个房子,也不是很大,在那里生活两三年,又买了不远处的另一个房子。这才真正有了家的感觉,在我的回望中,最后的那个房子才是念念不忘的故园。回到爷爷家的老宅里,看着似乎熟悉的一切,也有着一种很遥远的亲切感。那应该是父辈们的故园,并不是我的。

在那个融入了我许多情感的房子里,生活了六七年的光景,然后面临着又一次搬家。这次却是从乡下搬进城里,在少年的心中,对于搬家都是有着一种新奇,也有着一种眷恋。这不再像童年时的懵懂,而是有着清晰的不舍。不舍那天天进出的柴门,不舍泥土的院子,不舍满园的果蔬,不舍满院的禽畜,不舍左邻右舍的伙伴……许多东西都送了人,就连家里的那条花狗,也到了叔叔家里。当坐在汽车的后面,看着熟悉的房子、熟悉的村子越来越远,心里渐渐沉积着一种说不出的思念。

那时还不知道,在车上回望着的村庄和故园,会离我越来越远,直到远成梦里无法归去的温暖。搬到城里后,仿佛童年的经历重演,依然没有自己的房子,住在亲戚家的空房里。城里房子的空间很小,四望都有阻隔目光的存在。那时常常坐在北窗前,看外面墙根儿的一簇青草,想着家乡的大草甸,想着曾经的院子里的一切,想着南园的那棵杏树,想着那条花狗。少年时一种想家的心情,似乎使得性格也变得多愁善感起来。

在亲戚家的房子里住了三年多,我也从初中到了高中,于是父母在城市的边缘买了一个平房。依然很小,可是却有个院子。对于这次搬家,我心里还是有些激动的,那是有了自己的房子的喜悦。不管它多小,我总是摆脱了寄人篱下的感受。可是，也会时常想着住了三年的房子，想起最多的，就是北窗外的那一丛青草。而心里一直暖暖存在的，还是农村的故园。

后来又经历了几次搬家，不过那时我不是上学在外，就是毕业在外地工作，也没有什么更多的感触。特别是从楼房搬楼房，更是没有感觉。我一直认为，真正的家园，不仅有家，还要有园。这个"园"，可以是小小的院落，也可以是大大的菜园。如果是高楼间的几扇窗，搬走后我们回味的，也只是四壁间的种种，却不会有更广阔的心灵园地。

其实，更多的时候，我还是挺喜欢搬家的，虽然那些离开的地方，再也回不到过去，却给了我太多的温暖与思念，常让我于回想间，感受到美好和幸福。

炊烟串起的乡愁

故乡已远成心底的一个梦，曾经的草坯房和泥巴墙，恋恋守望的家园竟是最美好的天堂。回忆如鸟翔集，栖息于生命中最最柔软的角落。

那个时候，正是年少的时光。每日的清晨，袅袅升起的炊烟便拉开了一天的序幕。在鸟鸣犬吠声中，所有的美好开始缓缓地绽放。当每户的烟囱平静下来，院子里便走出荷锄的人们，在朝霞之中走向那一片欣欣的庄稼地。现在想来，那些极浅极淡的炊烟，竟成为日后游子心中最深最浓的乡愁。

每日里放学，扔下书包，便和伙伴们扑向田野，去寻找那些只属于童年的乐趣。那时心情便完全放松下来，不必去想时间，啥时候村里的炊烟升起，便是回家的时候了。那是一种无声的召唤，回到家里，饭菜便已经上桌了。这一切后面的美好，常使我悄然地动情。

后来去十八里外的镇上读初中，住校，每月回来一次。常常在周末的傍晚，走在回家的路上，远远看见村子里升起的炊烟，心便立刻温暖起来，充盈着莫名的亲切感。想到屋檐下的氛围，想到父母眼中的暖意，脚步就充满了力量。只是有一次我回来，却没看到自家的那缕炊烟，开始无由地恐慌，踉踉跄跄的，不知怎么一路跑回家的。家门紧锁，便逐户去亲戚家询问，惊恐愈甚。直到在村东的舅舅家，才看到爸爸妈妈。见他们都好好的，心才放下来，涌起想哭的冲动。原来姥爷来舅舅家，爸妈便也都去了。那时就忽然明白，自己心中时时挂念的，并不是房顶的炊烟，而是屋内燃起灶火的亲人。

多年以后，故乡已遥远，那升腾的炊烟也只能在记忆里朦胧着亲情的感动。每每乘火车穿行于漂泊的路上，无数个村庄在车窗外飘摇远去，如遇黄昏，则炊烟四起，于是扑面而来的是温馨，依依远去的是眷恋。而故乡已水阻山隔，那千里路上弥漫着的，便是如炊烟般的乡愁了。

故乡的炊烟不仅给我以温暖，也曾给以力量。那是一个雪极大的冬天，我于空旷的雪野中迷失了方向。万里皆白，看不清村庄的影子。而大雪转小，足迹旋被湮没，我找不到回家的路。心里惶恐至极，天近黄昏，寒冷与饥饿紧紧包围着我，只是机械地迈动着脚步。不知过了多久，抬头望去，却见远处一片炊烟氤氲，心中一喜。啊，是炊烟,那村庄的信号!于是平添了温暖的力量,奋步向前,到得家门的那一刻,竟是泪流满面。

而如今,隔着遥远的时空,一切只能在回忆中依依重现。而那屋檐下坐着的人,也已垂垂老矣。袅袅的炊烟是一种等待、一种期盼,而我却已无法时时归去,只能让魂梦夜夜飞渡。那份深深的思念,如炊烟般悠悠不绝,绵延不断地连接着生命中那个最温暖的地方。

磨盘碾过的岁月

去年回到家乡故居，又看见了庭中的那一盘磨，磨盘上的横杆已不见了，积满了岁月的尘埃。像一个垂暮的老人，静静地守候着不再喧闹的时光。

在我很小的时候，家里就守着这盘磨过日子。每天的凌晨，父亲就开始推磨了，磨盘吱吱地转动着，转淡了星光，转起了太阳，摇出了一个又一个如旧的清晨。就像所有的孩子一样，我惊奇地看着这盘磨碾出来的美好，黄澄澄的米粉，白花花的豆腐。只是那时还不知道，它在碾出生活希望的同时，也碾碎了父母最好的年华。

每次拉完磨，母亲都要用水细心地清洗磨里磨外的残渣，让它变得洁净无比。我曾细细地观察过这盘磨，石质细密，錾得很精细，丝毫没有粗糙之感。我可以想象出石匠怎样地把一块块石头精雕细刻，怎样地冲洗打磨，才有了这样一盘盘完美的磨。我也知道，我最亲爱的人怎样地一斧一凿为我们砸碎艰难的日子，为我们雕刻出生活美好的希望。

石磨就这样无怨无悔地旋转着,重复着枯躁的步伐,那该是它最辉煌的岁月吧!如今磨盘依然,而当年的推磨人却垂垂老矣,再也无力推动岁月的轮盘。他们和这磨盘一样,在暮霭苍茫中,于回忆中沉默着,任沧桑漫卷,静静地站成一帧被夕阳染红的风景。

我轻轻地抚摸着磨盘。二十多年的时光,它也变得粗糙了,就像青春红颜的少女变成两鬓苍苍的老妪。可那份亲切的手感没有改变。我缓缓地移动着手掌,一如触摸艰难岁月里最温暖的清晨。在那朝霞满天的时刻,石磨被映得灿烂无比,就像盛装的少女,旋转出最美的舞姿。

故乡遥远,而回忆却是如此之近,二十年的光阴虽薄得像纸,却能隔断天真与沧桑。可以清楚地回望,却永远无法一一重来。那磨盘在心底依然缓缓地旋转着,把过往岁月中所有的点点滴滴都碾磨成感动与感激,让我的心于眷恋与回味之中,充满了温柔的谢意。

第 3 辑

试卷上的一朵花

我们都是恋巢的鸟儿，可终究要飞向海阔天空。可是那暖暖的巢，永远是心里眷眷恋着的乐园。就算飞得再高再远，也飞不出爱的世界，十年百年，千里万里，永远如是。

偶然路过你

他从小到大都有一个心愿,就是父亲能抱自己一次。这么简单的事,却一直无法实现。他知道父亲是爱他的,虽然有时严厉,脾气也不好,却都是对他好。一直以来,他是很少恨过父亲的,有时想恨也恨不起来。

如果问他,对父亲印象最深刻的是什么,那就一定是父亲的脚了。他们兄弟三个,都是这种想法。父亲的脚很有力,门前的大石头,能一脚踢飞。而体会最深的,就是他自己的身体了。有一次,父亲一脚把他从门里踢到了门外。再一个特点就是出脚准确,想踢哪儿就踢哪儿,柔韧性极好。他全身除了要害部位,几乎都和父亲的脚掌"亲热"过。他一度怀疑父亲是不是练过传说中的佛山无影脚。除武功之外,父亲的脚还有许多其他神奇功能,比如竟能用来干一些活儿。他觉得父亲真是奇人!

就是这样一个父亲,从没有抱过他,也没有抱过他的哥哥姐姐们。父亲从不会像别人那样将孩子抱进怀里,或者高高举起。他只有羡慕的分儿,很想知道被父亲抱起举起时是什么样的感觉。可随着年龄渐长,他知道这个愿望永远不可能实现了。

考上大学那年,他很想抱父亲一下,因为想让父亲主动来抱他是不可能的。只是他刚张开双臂要抱,却见父亲的脚一动,仿佛就要弹射而出,他吓得立刻停了脚步。两个哥哥早就辍学了,大哥已结了婚,他们笑嘻嘻地看着他,想看着在父亲脚下多年不见的空中飞人的情景。他无奈之下,只好狠狠地拥抱了两个哥哥,抱得他们一个劲骂他,说快把腰勒断了。

想来也多年不曾领教过父亲的神脚了。却不想在大学第一年的寒假回家,就遭遇了久违的感觉。那时他正考虑着是不是要退学做生意,因为他觉得当时正是做生意的好时机,对比起来读大学就有些耽误时间了。他只是无意间流露出这种想法,父亲听了,反应异常激烈,一脚踹在他的脸上,他的脸立刻红肿起来。他一下子摔在炕上,母亲一个劲儿地埋怨父亲。他却觉得有些亲切。他知道父亲并不是一个粗鲁的人,相反,父亲读过不少书,尽管他读起书来很费力。而且,父亲的道理讲得一套一套的,说话也相当高雅,比那些大学里的老师说得都要好。所以,他给父亲的评价就是,能文能武。

那是父亲最后一次踢他,父亲再没打过他。父亲年复一年地衰老,他有时甚至怀疑父亲的脚还能不能爆发出当初那么大的力量。他结婚的时候,终于抱了父亲。在婚礼上,他给了父亲一个长久的拥抱。在这种情况下,他不担心父亲踢他。抱着父亲,他觉得父亲远没有小时候感受到的那么强壮。而当自己的妻子也拥抱了父亲时,父亲的眼中竟似有了泪光。他知道,父亲此刻,心里一定也是幸福的。

后来,有了自己的女儿,父亲也没有抱过孙女,不过却是目光柔和,跟在孙女屁股后面讲故事。他有时会很嫉妒,问:"你脑袋里原来有那么多故事,当初怎么就不讲给我们听呢?"父亲横了他一眼,下意识地做了一个要抬脚的动作,他也下意识地向后闪了一步。而父亲早别过头去,继续缠着孙女给她讲故事。

再后来,父亲便卧病不起,在医院里的最后时刻,他哭着将父亲抱进怀里。父亲吃力地对他说:"别想着爸一辈子过得不容易,虽然总踢你们,可我还是很为你们骄傲的。我要走了,也别难过,我本来就是偶然路过你,偶然成你爸爸,只能陪你走这么远,以后你要自己去走了,为了你的孩子……"

抱着父亲无臂的身躯,感觉是那样单薄,却又是那样厚重,如一座大山,给了他无法逾越的父爱高度。失去双臂的父亲啊,虽然你从不能抱自己的孩子,可是今天抱着你,却发现,原来你一直在用生命拥抱着孩子们,从不曾离弃。

一生都淡不去的悔

某一天,和一个朋友闲聊,忽然她就问我:"你最后悔的事是什么?"刹那间头脑中翻涌起万千往事,诸多憾事悔事纷至沓来又一一飘远,终于有一件事没有随诸事消散,与心底那根弦紧紧相连。

朋友见我神情变幻,笑道:"我猜,你最后悔的事一定与你的父母有关!"我很诧异:"你怎么知道的?"她说:"因为我问过许多人这个问题了,别人的回答大多是与自己的亲人有关,所以我想,你应该也是这样!"她告诉我,她生命中最后悔的一件事,就是十三岁那年离家出走。那时刚刚上初中,因为和母亲吵了一架,便愤然去了另一个城市。在经历了一天忍饥挨饿担惊受怕的生活后,不得不又回到了家里。

她说:"我后悔的并不是离家出走后所经历的艰难,而是回到家后看到父母因担心着急而憔悴不堪的脸,心里便万分痛恨自己!"我知道,那是一种无法弥补的遗憾。

就如我当年，年轻气盛，性情暴躁易怒，在学校常和同学打架，甚至和老师顶撞。为此父亲没少打我，我却从不认错。

高三的时候，有一次班里一个学习很好的男生嘲笑我，说我再怎么努力成绩也不会好，说农村学生智商就是有问题。作为农村学生，我心里本来就有着一分自卑，而这个男生的话更是深深地刺痛了我。我狠狠打了他一顿，说："大学毕业出来的都是打工的，老板们都没上过大学！"经此事件，学校给了我留校察看的处分，而我一怒之下便想放弃高考，出去学做生意。所以毫无顾忌之下，将老师和校长骂了个狗血喷头，然后潇洒地回了家。

出乎意料地，父亲并没有像预料中那般打我，只是很生气地拉上母亲走了。后来我终于又重返了校园，因为当我得知父母去学校求校长和老师的事，便悔恨万分。我很难想象一生倔强的父亲是怎样在校长面前低声下气，更难想象母亲竟要给校长下跪！现在回想起来，我并不后悔自己打架，只是后悔不该让父母为我而违心地去做那些事，后悔自己让父母失望和痛心。

在过去的岁月里，也曾以为最后悔的事是没能把握住爱情。那时确实一想起来，悔恨就会铺天盖地，如果自己当初懂得珍惜，如果自己不那么任性，就可以让那份爱情完美到天长地久。或许在那样的年代里，许多人都会同我一样，为爱情的消逝而痛悔不已。

也曾以为最后悔的事是辜负了真诚的友情。当年最好的朋友，一起走过多年，一直彼此鼓励相互扶持，却因为一件小事产生了误会。而我却为了顾及颜面，不解释不道歉，任昔日的挚友渐成陌路。都说人生难得一知己，而我就这样轻易地丢掉了一份本可以保持一辈子的友情。

如今年近不惑，经历了太多的事，心境也渐趋平和，于是如雾散水清，一切都看得清楚明了。当年错失的爱情，现在回想起来，那份悔与憾，已被岁月还原成了美好。是的，只要记得曾经的好，就算不能天长地久，也是一种幸福。而当初错过的朋友，却早已被我找回，至今仍是挚交。

可见爱情和友情之中，那些后悔都可在时光的长河中，敛成心底的美好和眷恋。爱情里错过，只要真心付出过，没能走到一起也无憾。友情中的误解，经过努力终会消除。而亲情，而自己的父母，对他们造成的伤害却是永远无法弥补的。就算经过再长的岁月，那份悔与痛依然清晰如昨。就算父母早已忘了那些事，就算以后对他们再好再孝顺，回想起来，心底仍会疼。

所以，不要去伤害父亲母亲，也尽可能地不去辜负他们，因为当你经过了长长的时光之后，那些对父母微小的伤害，都将会成为你一生都淡不去的悔。

青青园中葵

那一年,母亲在前面的菜园里种了一圈的向日葵,不久,美好的日子便开始慢慢绽放。

没长多高的向日葵通体都是碧绿的,秆上有一层细细的绒毛。随着越长越高,叶子也多了起来,而且很大,像蒲扇。夏天的晚上,一家人坐在院子里纳凉,便摘下几片向日葵的叶子,一边扇风一边赶蚊子。一种淡淡的青草的香味在空气中流动。

向日葵长得很快,超过一人高时,顶端便开始开花了,有碗口大小,一圈儿金黄的花瓣,层层叠叠的。每天的清晨,满园的葵花都冲着东方,在微风中轻轻摇曳着,生动无比。那时我便喊姐姐:"快看,它们真的向着太阳呢!"那样的时刻,在园中忙碌的母亲便温柔地笑起来。

当葵花长到盘子大小的时候,头便垂下来,此时它们便不围着太阳转了。像丰韵的少妇,低下头羞羞地笑。它们开始结果实了,密密麻麻的,在葵头上整齐地排列着。

我曾在这个时候偷偷抠下几粒葵花籽儿，剥开软软的皮儿，里面什么也没有，仁儿还没有长成。

秋天的时候，葵头垂得更低了，有的竟能长到脸盆那么大。此时的向日葵便像弓着腰的外婆，带着满足的笑容。葵花籽儿已经长成，皮儿依然是软软的，里面的仁也软嫩嫩的，吃起来带着淡淡的甜。爷爷说，他小时候曾因肚子饿偷掰了地主家的一个葵头，躲在甸子里慢慢地吃，至今都能记得那青涩的味道。那味道让爷爷回味了一生啊！

再过些日子，葵花籽儿便完全成熟了，向日葵换去了碧绿的衣裳，变成了深褐色。葵花的叶片早已落尽，有一种沧桑、成熟的美。这时候便把葵头割下来，堆在院子里，在秋阳下晾晒。待到完全晒干时，把籽儿全敲打下来，用布袋装好，放在仓房里，留到过年时享用。

许多年于不经意间流走了，有时也会在街上买来炒熟的葵花籽儿，却再也找不到童年时的感觉。如今的母亲也苍老了，像秋天的向日葵弓着腰。又快春天了，遥想故园中又该快有青青向日葵向阳了吧？于是于回忆中露出微笑，向着故乡的方向。

爷爷的笑容就像烫热的酒在翻花,父母的笑容就像炉中旺旺燃着的火,而我们的笑容,更像扑落在窗上的雪花,灵动着洁白的心境。很眷恋那样的场景,所有的亲人都在,都在笑。

你在谁的梦里

一个上午，在邻居家小坐，五十多岁的大婶正兴致勃勃地和我讲她的儿子，忽然她的电话就响了。她接电话声音极大，几乎每一句都是喊出来的。我听出是她母亲打来的，她歉意地朝我笑了一下，便去别的屋里继续说，只是那声音却越发大了。

过了一会儿，大婶回来了，告诉我说，她母亲快九十了，耳朵不好使，不喊着说话她根本听不见。她问："你知道老太太给我打电话什么事吗？"没等我回答，她自己就笑起来，边笑边说："老太太昨天晚上做了个梦，梦见我了，说我还是小时候在她身边的样子。今儿早晨起来，却怎么也想不起做的什么梦了。想了一大早晨，才想起来是梦见我了，就给我打了个电话！"

一瞬间心里恍若起了雾一般，穿行着无数的往事。我在心里搜寻着无数个沉沉的夜，想找出那些依稀的梦境中，有没有过自己母亲的影子。翻遍心中所有的角落，找到一个尘封的夏日。那时我还在电厂工作，还在长年地倒班。那个早晨，刚刚下了零点班，倒头便睡，窗儿半掩，清风和红尘的嘈杂纷纷扑入。睡梦中，仿佛自己仍是儿时，睡在母亲身边，梦中的梦中醒来，母亲不见了，便大哭。醒来，外面依然是洒落的七月的阳光，脸上依然有着泪痕。

想来只有这一次在记忆里留下了印痕。从邻家回来，给母亲打电话，闲聊了好久，最后问她有没有梦见过我。母亲沉默了一会儿，似也在回想。然后说，我在想梦见你的时候有多少次。一瞬间有一种想哭的冲动，远离母亲的孩子，走得再远，也走不出母亲的梦。而我们梦见母亲的次数，却是那样少。

忽然想起，一个老大哥曾和我说过，他母亲去世后，他经常梦见母亲，梦见年轻时的母亲、梦见年老时的母亲。几乎每个夜里，母亲都会以各种形象出现在梦里。我说，那是他思念母亲，所以才会梦见。他却固执地告诉我，是母亲不放心他，所以才会夜夜进到梦里来看自己。然后他很痛苦地说："没想到，母亲生前，我很少梦见她，而现在……"

后来，我曾问一些朋友，问他们会经常出现在谁的梦里，他们先是愕然，然后会说，这上哪儿知道去！待我给他们讲了那个大婶和那个老大哥的事,便皆默然。我知道,他们一定是想起了自己的母亲,在想着母亲怎样梦见自己。

时间的漫漶和空间的辽远,并没有磨灭我们在母亲梦里的模样。从蹒跚咿呀到儿童少年,从成家立业到两鬓飞霜,都深深刻在母亲的每一缕思绪里。想起那天那个大婶接电话时的情形,她虽然一直笑着喊着,可是眼中却闪着点点泪光。是的,只要我们能一直在母亲的梦里,那么,不管离得多远,不管境遇多艰难,都是最幸福的孩子。

听不见的电话

一

一次在朋友家做客,吃过饭天已大黑,我们坐在那里闲聊。时间过得快,快十点了仍然兴致很高。忽然朋友说要打个电话。于是她拿起电话拨了一串号码,等了一会儿,传来电话接通的声音。只是接通之后却不见她说话,电话那一端也是静悄悄的。

朋友的眼睛微微闭着,一种悠然神往的表情。过了五六分钟的时候,她把电话放下了,回头对我一笑,说:"很奇怪吧?"我点头,她说:"我在给我的母亲打电话。"我问:"那你们怎么都不说话?"她说:"我母亲是个聋哑人!"我奇怪地问:"那她怎么能听见电话铃呢?"她说:"我母亲的电话就放在床头柜上,她每晚都侧着睡,就是为了能看见来电话时话机上的来电显示灯闪光。其实那个电话就是我和弟弟打，因为母亲什么也听不见，看见话机上的来电显示就会知道是我或者是弟弟。我们接起电话的时候，虽然不说什么，可那一刻我知道我和母亲的心离得很近！有时深夜里我会打电话回家，就是想知道母亲睡没睡，她睡着了就不会接起电话了。"

我的心中忽然涌起一种很深很深的感动，一下子想起了远方的母亲，我有很久没有给她打电话了。朋友打电话的事就像一枚落入我心中的石子，激起了沉积已久的亲情。朋友那一刻的无言，实是胜过千言万语。她让我看到了亲情的另一种美丽，安静深沉，却又直指人心。这种美丽的亲情，就是我们眷眷恋着的一切，就是我们好好活着的理由！

二

去大学报到的时候，由于邻家女孩和我考上同一学校，所以她妈妈让我带她去学校。她一直抱怨妈妈对她的关心不够，别人家的孩子考上大学家里人都会送到学校，而她妈妈似乎根本不在乎她。

她妈妈送我们到的车站，一路上我们都一句话也没说，邻家妹妹一副生气的样子。上了车，她妈妈站在车窗外看着她，她也看着妈妈，外面都是送别的人，长一声短一声的叮咛不绝于耳，而她们就是这样无言地对望着。火车终于慢慢启动了，邻家妹妹的眼泪掉了下来。虽然她抱怨妈妈，可是她还是舍不得妈妈啊！这时我看见她妈妈举起手冲她挥了挥，脸上露出了微笑。目光中包含了太多的内容，有牵挂，有欣慰，还有把孩子交给世界的自豪与不舍，掺杂了太多的矛盾，又融和了太多的情感。那一瞬间，我竟看得呆了。

当她妈妈的身影渐行渐远，她转过头对我说："其实，我妈对我一直挺好的，她教会了我自强自立。现在想想，我真不该对她心生抱怨啊！"

大爱无言，一生当中许多无言的时刻会穿透我的回忆，让我的心于感动中慢慢濡湿，所以总是在那些沉默的时刻，倾听到人世间最美的声音！

总会有一个人在乎你

总是听见某些人在做某些事前会说:"豁出去了,死了又怎样?反正没人在乎!"其实,他们说这些话,更多的可能是在表达一种不情愿的心理,而非豪言壮语。细想,一定是有人在乎他们的,或者他们只是在赌一时之气给自己找个借口而已。

人活在这个世界上,总不会是孤立的,没有人如书中所说的那样了无牵挂。无论亲情的深度、友情的广度还是爱情的纯度,都充满着情感上的牵挂,将一个人幸福地困囿着。所以,当这个人想要做什么事时,总会触动那些关心着他的人,或担忧,或幸福,或痛苦。

我有一个朋友,总喜欢做一些在别人看起来很难理解或不可思议的事。比如说有一次,他一时心动,花了二十几万元买下南山脚下一处平房。这在当时被认为是一个愚蠢的举动。那么偏远的地方,根本没有升值的空间,都奇怪他的家人怎么不阻止,就任他这么胡闹。问他,他却毫不在意地说:"家里人都习惯了,所以现在他们根本不在乎我怎么样!"一连几年,虽然城市开发如火如荼,却也没能烧到那么远的南山脚下。有一次和他在一起喝酒,提起那处房产,没想到一向我行我素的他竟然第一次有了悔意。我们笑问:"是不是看实在没有升值的可能了,才后悔的?"他却摇头说:"跟升不升值没什么关系。自我买了那处平房,后来我发现,我妈每天都往那儿跑,就在那周围转悠。还总去那些动迁施工的地方询问,啥时候能动迁到南山。我知道我妈不是担心那二十万赔了本,而是担心真赔了,我会经受不住打击!"一席话说得我们都动容,原来他所后悔的,是让老母亲过分担心。正像他说的,就算全世界都抛弃了你,母亲也永远在乎着你。

世上总会有人在乎着你,而更多的时候,我们不知道,甚至不知道那个人是谁。有一个女孩子,从小在孤儿院长大,对于亲情的认识全都来自书本,很难想象具体是一种什么样的感受。她自卑、倔强,一直封闭着自己,从不与人交往,直到上了高中,也没有一个朋友。她学习很一般,她觉得学好学不好都无所谓,学不好没人打骂,学得好也没人分享。同样,活得坏没人心疼,活得好也是无人为她高兴。没有人在乎,什么都无所谓。

那时候要上晚自习,回去时天已黑透,她每一次走在路上都心惊胆战。有一个冬天的夜里,她走在回去的路上,听着自己踩在雪上的脚步声,有一种说不出的恐惧。这时她似乎听见身后不远处传来了同样的咯吱声,她停下脚步,后面的声音也消失了。再走,那脚步声又出现。她忽然反而不害怕了,就算自己受了什么伤害又能怎样?没人关心,没人难过,一切都是自己承受,于是便有了一种让自己毁灭的想法。于是猛然回身,向身后那人跑去。到了近前,却发现是自己的班主任。那五十多岁的女教师说:"怕你害怕,每天下了晚自习我都在后面跟着你,今天却被你发现了!"那一刻,她想起两年来无数个夜里,老师都在身后护送着自己,立时心里仿佛有什么东西破碎了,扑进老师怀里痛哭失声。

这个女孩后来对我们说:"那一刻我真的感受到了一种亲情,所以才哭得很痛快。真的,像我这样一个与世界格格不入的孤儿,都有人默默地关心我在乎我,我有什么理由不幸福呢?"

是啊,哪怕世界上只有一个人还在在乎着你,就是幸福的,所有的美好都自此生生不息。

红尘里的坚守

在哈尔滨的时候,我认识了一个长我十岁的男人,我们共事过三年,后来他辞职,自己开了一个店,生意还不错。关于他有一件奇怪的事,每年的阴历七月十一那天,他都必定会请一天假,若是正逢周六周日,更是四处也找不到他。说这些的是一个在此工作了二十多年的老同事。这老同事与他共事也超过十年了,所以比较了解。可是一直以来也不知道他到底去了哪里,我们只能猜想,那可能是他很重要的一个日子吧!后来,我离开哈尔滨,便也渐渐淡忘。

去年的时候,去沈阳办事,我到南站预购车票时,在一个过街天桥的入口,忽然就与他相遇了。当时我震惊得说不出话来,他一身破旧的衣裳,头发蓬乱,正坐在入口那儿,面前放一纸盒,里面有零零散散的钱。他居然成了乞丐!良久,我才走到他面前,轻轻地叫他的名字,他抬眼,终于认出我,很是惊喜。我问:"你怎么……"他摇手:"你要是没事儿,再等我半个小时!"

半小时后,夜幕已垂了下来。他起身,拿起那纸盒,说:"走吧!"从天桥过了街,他顺手将纸盒给了街角的另一个乞丐。随他进了附近的一个旅馆,他洗漱了一下换了衣服,带我出去吃饭。这其间我一直无法开口询问。看着一进一出两种截然不同的形象,心想这年头乞丐真挣钱。路上,他对我说:"还记得这一天吧?阴历七月十一啊!"瞬间想起了他的事,满肚子疑惑。

一杯酒下去,他对我说:"每一年的这一天,我都要来沈阳当一天的乞丐!不怕你笑话,当年我妈就是乞丐,她带着我一路乞讨到了沈阳,找我爸。我爸没找着,我妈却死在了这里。那时我十岁,我和我妈就住在立交桥下面,我妈不让我去讨钱,每次她都在南站那个过街天桥那儿,她让我在附近玩儿,不让接近她。后来我明白了,她是不想让我体会那种滋味啊!那年的七月十一,我妈犯心脏病死了,我记得当时她的眼睛里,对我是多么地不放心和舍不得!十八岁那年,我参加了工作,从那时起每一年的今天,我都来沈阳,在那里当一天乞丐,体会我妈当年的心情,就当是我对她的怀念和报答……"

吃过饭,他乘夜里的火车返回哈尔滨,而我却在那个过街天桥下站了很久。仿佛看到了一个母亲蜷缩的身影,也看到了一个儿子心里的眷恋与感恩。忽然想起自己的母亲,于是在灯火通明的大街上,我泪如雨下。

那一天的雨

小珂是一个极其内向的女孩,从小到大没有一个特别好的朋友,对任何人都很冷漠,从来没有人见她笑过,也没有人见她哭过。从小学到中学,她每天都沉默着,久而久之老师和同学似乎已忘了她的存在,只有在考试过后大家才会惊觉,第一名怎么又是她?

大学之前的十几年学生生涯,没有人走进过她的心中,当然更没有人知道她是一个无父无母的孤儿。她刚一来到这个世界,便被这个世界抛弃了。在孤儿院灰色的围墙下,她不止一次恨恨地想过,她的父母怎样将襁褓中的她扔在大街上,然后狠心地离去。童年时,当别的孩子把她打倒在地骂她是野孩子时,她就已经不会哭了。成长过程中,她怕别人看见自己的眼泪,有时委屈至极,即使在无人处,她也不敢哭,她怕处于暗中的眼睛窥破她的脆弱。对于她来说,冷漠的外表是保护自己不受伤害的铠甲。

大学整整四年，小珂的心只开启过一次。那是一个普普通通的男生，同样是孤儿的他眼中的那份无助让小珂的心怦然一动。而当那个男生慢慢走近她时，她看透了他的软弱，更反感他那种将不幸作为博取同情的道具的态度。于是，她微微开启的门轰然关闭，并加上了一把锁。她明白，在这个世界上没人会可怜你，即使是至亲的父母也会将你抛弃，更何况别人？

大学毕业后她进了家乡城市的一家电脑公司，虽然专业知识过硬，可她那种冷若冰霜拒人千里的处世态度却令她屡屡失败。当她第九次被炒掉时，她的心悲愤到了极点，顾不上外面下着雨，她一头冲了出去。走在雨中，她的心麻木而郁闷。雨越下越大，她毫无知觉地一直向前走，天色渐渐地暗下来，她忽然觉得身后有人跟着她，她快走那人也快走，她停下那人也停下。后来，她已不再害怕，甚至想：就让他把我毁灭吧！想到在这个世界上二十几年所经历的一切，她有一种想流泪的冲动，她想就痛快地哭一场吧，反正在雨中没人会看见她的泪。于是，在黑暗中，在大雨的掩护下，小珂的泪水尽情地流着，冰冷的泪水淌在脸上，已分不清是雨是泪。

哭过后她的心中竟出奇地平静与轻松，她回头看了一眼，那个人影仍在。她向自己的住所走去，此时已近午夜，那个人尾随在身后。她进了自己的小屋，把门锁死，透过窗户向外看着。只见那个人影出现在门前的街上，伫立了一会儿，便转身走了，有一条腿微微地瘸着。她的心一震，愣了一会儿，猛地打开门冲进雨中。那个略瘸的身影在前面艰难地走着，她慢慢地跟在后面，有好几次她都想冲上前去，可是她却制止了自己。又走了一个多小时，前面出现一个带围墙的院子，那个人影进了大门。小珂站在那里看着这个她度过灰色童年的院子，心潮澎湃。那个略瘸的身影消失在院子深处，小珂忽然感觉脸上淌下的雨水变得热热的，用手一摸才发觉那是自己的泪。她站在雨中又一次哭了，脸上淌着滚烫的泪、冰冷的雨。

那个微瘸的人是孤儿院的勤杂工，一辈子没结过婚，什么亲人都没有。是他在一个早晨把小珂从大街上抱回来的，是他照顾小珂长大，可从上小学起小珂就再也不理他了。他却一直默默关注着小珂，二十多年从没改变。

小珂回去后大病一场，当她重新出现在阳光下时，人们发现她的笑容其实比阳光更灿烂。人的一生不可能没有失意与不幸，压抑得久了我们应该学会释放，流泪不是软弱，同样冷漠也不是坚强。只要心中有爱，即使流泪也会很快雨过天晴，泪水只不过是一种点缀。感谢那天的雨，让小珂流了冰冷的泪和滚烫的泪，让她的心在泪水的浸润中柔和如初；感谢那天的雨，濯洗了小珂心中所有阴暗的角落，雨后的阳光温暖了她的冷漠，让她学会了用一颗充满爱的心去拥抱生活！

试卷上的一朵花

十四岁那年,由于父亲的工作调动,我们举家搬到了邻近的县城,我的生活在陌生的环境中迎来了一个新的开始。

我转到县城的第四中学读初二。由于初来乍到,人生地不熟,所以有那么一段日子我很沉默。那时正痴迷于文学,便在县城图书馆借了一些书回来看。下课时,别的同学都出去玩儿,我就坐在教室里看书。由于书的内容太精彩,导致我欲罢不能,便在上课时也偷偷地看,幸好没有被老师发现过。而我原本不错的成绩,却因此降了下来。

那一天上语文课,走进教室的竟是一个新老师。他四十多岁,自我介绍姓李,新调来这所中学的。我心下比较安慰,他和我一样是新来的,应该能在某方面照顾一下我。却不料这个新来的老师给了我一个下马威。本来我不想在他的课堂上看小说的,毕竟人家是第一次上课,这样做对他不尊重,可是由于小说正看到关键部分,听了不到十分钟课,我终于忍不住又看了起来。沉浸于书的情节之中,对周围的一切已充耳不闻,看着看着,忽觉教室里变得异常安静。抬起头,李老师竟已站在了我的面前!他直直地看着我,说:"下课后,带着书到办公室找我!"

我吓坏了,刚来的时候,校长对我爸说,如果我的成绩好就留下来,要是拖班级的后腿,就不给我爸面子,把我赶走。也就是说当时我还处于"试用"阶段,如果校长知道此事,后果不堪设想。而我爸又刚正无私,他不会为我去求校长,定会如他所说,让我回老家乡下去读书。

下课后,我忐忑不安地来到办公室。李老师说:"是什么书有这么大的吸引力,让你连我的课都听不下去?"我没有说话,递上那本书。他翻了翻,说:"是《悲惨世界》啊,在语文课上看这本书,也不算过分。这样吧,如果你能保证以后的语文考试都能在八十分以上,在我的课堂上你可以随便看书。如果你做不到,我就把你送到校长那里去!"说完把书还给我,让我走了。

我又惊又喜,想不到会是这样一个处理结果,早知他会照顾我嘛。可是这个条件还是要达到的,原本我的语文成绩就不错,虽然要想次次得八十分很难,但并不是没有希望。从那以后,我不敢再在李老师的课堂上看书了。李老师的课讲得很生动,同学们都爱听。而且,不论考试还是测验，语文分数最高的同学，李老师都会在他的试卷上贴上一朵红花。在那个年代，这是最大的荣誉了。李老师出的考题都极难，每次班上都有近一半的同学不及格，所以要想得这朵红花真是太难了。

经过几次测验和期中考试，我虽然过了八十分，却不是班上的最高分。虽然我也极想得一朵红花，让爸爸高兴一下，可是我知道能保住八十分的底线就已经很难了。李老师极严厉，对不及格的同学更是如此。久而久之，大家对他都是怕得要命，每当要考试更是如临大敌，尽管大家还是喜欢听他讲课。

又一次期中考试快到来了，此时已是初二下学期，李老师说这次考试不及格的同学要把家长请来。这更是让人恐惧，我虽然可以保证及格，可是对要达到八十分还是心里没底！而且听说这次语文试题要比以往都难！正当同学们都惶惶之际，考试的前一天却出现了转机，一个同学竟在办公室的纸篓里捡到语文试卷的原始题，大家都纷纷抄了下来忙着做答案。我没有去凑热闹，最后那个同学把试题塞给我，回家后我几次想看看题，却终于没有看，而是把它揉成一团扔出了窗。因为即使这样得来一朵红花，我也不忍看爸爸被欺骗的高兴神情。

结果那次考试全班都考得相当好，绝大多数人都超过了八十分,而我只得八十一分。成绩公布后,李老师再一次把我请到办公室,问:"你这次怎么考得这么差?让那么多同学甩在后面?"我说:"可是,我超过了八十分啊!"他看了我好一会儿,意味深长地笑了笑,便放我走了。

大家还没高兴几天,学校突然宣布,我们年级的语文要重新考试!结果,班上大部分同学都考得极惨,而我依然得了八十多分,而且是年级最高分!我的试卷上,也终于被贴上了一朵红花!在课堂上,我看见李老师冲我微笑,我长舒了一口气,有些激动。看来,爸爸也会很高兴的。

不久后,市里举办中学生作文大赛,李老师推荐我参加,结果我得了一等奖。学校特意召开了一个颁奖大会,校长当众表扬了我,并让我上台朗读我的获奖作文《我与爸爸的故事》。在朗读的时候,台下静悄悄的,我偷眼望去,李老师正微笑地看着我。读罢,台下响起热烈的掌声,李老师的眼中闪着点点的泪光!

我向着台下,向着李老师,也向着我的爸爸,深深地鞠躬!是的,我从小随妈妈的姓,李老师就是我的爸爸!

太公在此

在东北老家,过年时家家院里都竖起一个高高的灯笼杆。灯笼是村庄的眼睛,是节日的点缀。暗夜里高高亮起的大红灯笼,守护着家园的喜庆与美好。那时候,家里竖灯笼杆做灯笼的活,都是爷爷干的。

我常常跟在爷爷身后,去村外的林子里折一根大树枝,回来后用彩纸在上面粘上绿叶红花,然后绑在一根长木杆的顶部。在地上挖坑埋杆,然后浇上水冻实,灯笼杆便稳稳地立在那儿了。每家的灯笼都不一样,条件好一点的用买来的红纱灯,更多的是自己用红纸糊成的。灯笼杆立起,灯笼也挂上了。这都是过年头一天的活。大年这日清晨,家里贴对联,爷爷便把一副"太公在此"贴在灯笼杆上。那时年龄小,不懂为何要贴这样的四个字。问爷爷,爷爷说,太公就是姜子牙,拿着打神鞭封神的人。可是封到最后,竟然没有了自己的位置,只好屈身于灯笼杆了,也算守护一方。后来知道"太公在此"下面还有一句,叫"诸神退位",民间将前四个字贴在灯笼杆上,更多的是想让姜子牙吓退那些凶神恶煞,保一家平安。

爷爷在我印象中一直是一个精力充沛的老人,操劳了大半辈子,从城里到乡下,也算是经历过许多的变迁。虽然辗转坎坷,却从没见他有过犯愁的时候,即使家境最艰难的那些年,他脸上依然带着笑容。他用自己的精神和体力,把一个屋顶慢慢地撑起。过年的时候,儿孙满堂,窗外的大红灯笼映出一片喜气洋洋的气氛,爷爷满足的神情让人难以忘怀。

那时总是和别人家的孩子跑出去,挨家去看灯笼,比谁家的灯笼杆高,谁家的灯笼亮。有时也会发现,有的人家院里根本没有灯笼,觉得奇怪,就向爷爷询问。爷爷告诉我,有的人家,家里有人去世,孝期的三年中,过年是不能贴对联、贴年画、挂灯笼的,那是对逝者的一种敬挽和追思。

只是没有想到,后来我家里也有三年的时间没有竖起灯笼杆。因为爷爷去世了。那根做灯笼杆的木杆,就静静地躺在院子里,落满了雪。而爷爷当年忙碌着立灯笼杆的情景,却是历历在目,于是在新年喜庆的气息里,便有了怀念和遗憾。也渐渐明白,爷爷就如太公一般,真正地守护着一家的平安。有他在,一切都无须害怕,无须顾虑。

而他走了,就如那根长长的灯笼杆,立了那么多年,终于安宁地卧在那里。

　　回乡过年,腊月二十九,父亲便带着我的两个女儿出去折树枝了。当高高的灯笼杆在女儿们的欢呼声中竖起时,我忽然发现,如今的父亲,已是当年爷爷的年纪。窗外,两个女儿正缠着她们的爷爷讲"太公在此"的意思。凝望着这一刻,心中风起云涌。风月无情人暗换啊,爷爷那一代人已经逝去,父亲也已垂垂老矣,我们家的太公,我们家的保护神,又换了一辈了。不变的,只有夜空中亮着的大红灯笼,年年将吉祥洒落。那一团红红的灯光,凝结成心底浓得化不开的感恩之情。

温暖的手套

在沈阳上大学时,我曾认识一个外系女生,叫阿瑶,来自吉林。第一次见到她时,是在她的宿舍。当时她正坐在床上专心致志地织手套。普通的毛线,淡紫的颜色,她织得极慢,一针一针,仿佛那针有千斤重。而那只手套,刚刚织到分手指的位置,可以看出是一只左手的手套。

第二次去阿瑶的宿舍,已经是在两周之后,她仍坐在床上织手套,还是淡紫的毛线,还是那只左手的,五个指头刚刚织出了一点。我笑着说:"你的速度也太慢了!真是精雕细琢!"她抬头笑了笑,并没有说话。

后来,我和阿瑶渐渐熟悉,去她宿舍的次数也多了起来。每次见到她,都是在织那只左手的手套,仿佛永远也织不完一般。终于有一天,我看见她织的手套并不是原来的那只,因为这只手套刚刚织到手指分叉的位置,还是左手的,和原来的那个一模一样。我问:"你不是又拆掉重织的吧?"她说:"才不是!"然后,她从床下拿出一个小衣箱,打开来,里面全是手套,有二十只左右,都是淡紫色的。原来她织了这么多,其实是织得太快,以至让我觉得她总是在织那一只。

我仔细地翻看着那些手套,忽然觉得有什么不对。再一看,吃惊地发现,那些手套竟然都只有左手的那只!我惊讶地问:"阿瑶,怎么只有左手的?"她淡淡地说:"这些手套都是给我爸爸织的,他只有一只左手!"一时之间,我不知该说些什么,只是怔怔地看着那些手套。

当阿瑶织够了三十只时,我陪她去邮局给她爸爸寄这些手套。路上,她告诉我,她爸爸是为了救她才失去右手的。那时,阿瑶才十岁,她爸爸在县城里的纸箱厂工作。有一个周日,她去爸爸的厂子玩儿。纸箱厂的生产车间不休周日,她便在车间里看着各种机器设备的工作过程,觉得十分有趣。其实生产车间是不准随便进入的,她是偷偷溜进去的。由于个子小,谁也没有注意到她。看来看去,觉得还是爸爸操作的切纸机最好玩儿,那么厚的一摞纸壳,切刀落下来,便齐刷刷地被切开了。这是一种老式的切纸机,并不是封闭的,可以看见闪亮的刀口。她越看越觉有趣,很长的纸壳从流水线上传过来,便被切成一段一段的。她越靠越近,抬起头来看那锋利的刀口,手却不知不觉地按在了纸壳上。这时她爸爸转过头来,正看见这一幕,惊骇之下已来不及停下机器,他冲过去,左手拽住她的衣服,而切刀正飞速落下,她的手还按在纸上!爸爸情急之下,用右手向上一挡切刀,左手向后猛拉。她被拉开了,而切刀落下,爸爸的右手被切断了。

我听得惊心动魄,阿瑶也淌下泪来,她说:"我家本就贫困,爸爸却因此失去了工作,还成了残疾。后来,伤好之后,他便去砖厂干活,往小推车上装砖坯。砖坯又沉又硬,把他的手磨得不知脱了多少层皮。发的手套太薄,用不了几天就磨破了。我上初中起,便天天给他织手套,这样,他的手就会暖些,少被磨些!"

我的心一片濡湿,忽然明白,阿瑶爸爸那举手一挡,心中完全没有想到自己的危险,而阿瑶,这些年来一针针又把多少对爸爸的疼和爱织进那一只只的手套之中!我知道,许多年来这是让我感动最深的时刻。看着那些只有左手的手套,忽然就体会到了他们父女间那份深深的爱。是的,有了这样的爱,就算生活再艰难黯淡,生命也是温暖的!

世间最美的房子

她生下女儿,幸福的潮水还没退去,却被医院告知,女儿是脑瘫。刹那间,她世界中的温柔春雨变成了飞雪冰雹。有人劝她,就别要这个孩子了,这种病治不好,会拖累你一辈子。她和爱人商量了一下,决心要把这个孩子养大,不管前路上有多少艰辛。

种种意想不到的困难接踵而至,她却从没有后悔过,没有退缩过。她把一个母亲所能付出的全部的爱,都给了女儿。虽然女儿长到十岁还不能说出一个字,还不能走路,甚至从没有笑过。这是她最大的遗憾,她想尽办法去逗女儿,可这孩子仿佛天生不会笑,就像一朵不能开放的花。

后来,和她一直在同一战线的爱人退却了,他想再要一个孩子,可她却不同意,她怕有了另一个孩子,自己就不能全心全意地照顾这个女儿。终于,爱人和她离婚了,她没有丝毫的怨怼,甚至觉得是自己对不住他。她带着女儿艰难地生活着，可不管怎样苦怎样累，每天她都要用轮椅推着女儿去看夕阳。她还查阅了大量有关的资料，努力地教女儿一些知识，虽然收效甚微，她却从未放弃。

那是一个雨后初晴的黄昏，她推着女儿从外面回家。家门前有一个小坡，下过雨有些滑，她推了几次都没能把轮椅推上去。后来，她用尽力气终于把女儿推上了坡顶，喘着粗气对女儿说："宝贝，咱们又胜利一次了！"就在这一刻，那孩子忽然就笑了，而且笑出了声。她一下呆在那里，在斜阳之中，女儿的脸上就像绽放了一朵美丽的花，灿烂无比。她从没想到，女儿笑起来竟是这么美！多年的种种，在这笑容里，都变成了幸福的点滴。

那一瞬间，女儿笑了，妈妈却哭了。

几年以后，当她面对记者，仍能清晰地记起女儿第一次笑时的每一个细节，记起自己心中的那份幸福与感动。她此时已经开了一个学校，专门招收脑瘫儿童，她把自己的爱给了更多的不幸的孩子。她说了一句让所有人动容的话："天下没有不幸的脑瘫孩子，只有不称职的母亲！"

她的女儿在十六岁时画了平生的第一幅画。画中是一所房子，而这所房子却是一个母亲的怀抱。在房子里，在母亲的怀抱中，是一个笑靥如花的小孩。当这幅画出现在电视中，当人们知道了这对母女的故事，都哭了。许多人打电话对她说,那幅画是他们见过的最好的画,画中的房子是最美的房子。因为有了爱,那房子便成了最温暖的家!

是的,母亲的怀抱,永远是世界上最美的房子。

一只让人流泪的水缸

朋友乔迁之喜，我们前去祝贺。在她一百多平方的房子里，摆放着许多新潮的家居用品。忽然我发现在卧室里有一样东西极不适宜地立在那儿。那是一口高一米多的缸，很旧的颜色，缸口处还有许多裂痕。就因为这口缸，整个房间的布局和格调全被破坏掉了。

我们围着那口缸看，很普通的那种，绝没有什么收藏价值，真想不通她为什么把它放在这里。这时朋友走过来，说："我搬了几次家，许多东西都送人或扔掉了，只有这缸我一直带着！"我们静静地看着她，知道关于这口缸一定有着令人难忘的故事。她略沉默了一下，便开始给我们讲。

那是二十年前的事了。这座林区城市还很闭塞，楼房少，都是大片大片的平房。每家的院墙都是用木板搭成的，院子里的小棚子什么的也都是木制，林区里就是不缺木头。那时她家住在一片平房区的中间位置，父母都是普通工人，家里只有她这么一个孩子，那一年她只有六岁。

那是一个周日的午后，正是炎热的夏天，几乎每家每户都在午睡。忽然就起火了。由于木头多，火势蔓延快得吓人。她从睡梦中被父母推醒时，外面已是一片红彤彤的火海。这种居住区房屋很密集，巷弄狭窄，消防车根本无法开进来，所以火越烧越大。父亲抱起她冲出院门，烈焰飞腾浓烟滚滚，已经没有路可以冲出去了。周围都是绝望的哭喊声。她看到这个情景，吓得都不会哭了。

父亲观察了一下，把她递到母亲怀里，然后冲向院子里的那口水缸。他用水桶拎出一桶水来，从她们母女二人头上浇下去，她被父亲这突如其来的举动吓得叫起来。父亲又把一桶水浇在自己身上，然后把缸推倒，水都淌了出来。父亲抱过她，将她塞进缸里，说："怎么难受都不要出来！"她蜷缩在缸里，忽然觉得缸滚动起来，她随着缸的滚动翻转着，一时有些晕眩，赶紧闭上眼睛，用脚死死地抵住缸壁。

过了一会儿，她觉得越来越热，缸壁也慢慢变得烫起来，她身上的水都变成了白白的蒸汽。她睁开眼从缸口望出去，所见之处都是大火。她吓得又闭上眼睛，觉得缸滚动得越来越慢，她快坚持不住了，大声喊着爸爸妈妈，却听不到回答。不知过了多久，她被人从缸里拽出来，空气清凉了许多，她清醒过来，哭喊着爸爸妈妈。她忽然看到了令她终生难忘的一幕——那口缸仍在那里，大火仍在不远处燃烧着，而她的爸爸妈妈，仍躬身站在缸后，四只手放在缸上，保持着推缸的姿势！他们已经被烧死了，可她还是一眼认出了他们。面对这一幕，在场的人无不落下泪来！

说到这里，朋友的眼泪淌下来。她用手轻轻抚摸着那口缸，说："我可以想象出，爸爸妈妈怎样忍受着大火烧身的剧痛，一路把缸推了出来，是他们，用自己的生命换来了我的平安……"她已泣不成声。

我们的眼泪也都落下来。看着这口缸，我仿佛看到了火海中那惊心动魄的一幕。这就是世界上最伟大的亲情啊！在最危急的时刻，把生的希望留给我们甚至不惜付出自己生命的，只有父亲母亲！

我和父亲走到村口,看见一个人影站在那儿,身上落了一层雪。走近一看,竟是爷爷!父亲问他这么晚了怎么不在家里待着,爷爷说:"天太黑,我怕你们找不着回家的路!"

我憨憨的二哥

二哥大我五岁,沉默寡言,从小就非常关心我。我上小学一年级时,二哥和我同校。由于学校离家远,有时我走不动了二哥就背着我。现在我常想起当年伏在二哥背上的情景,想起七月的阳光下二哥淌满汗水的脸,二哥当年被我忽视的汗珠一直在记忆中闪烁着让我感动的光芒。

家里的状况一直不好,初中没毕业二哥就辍学了。那时大哥因盗窃被判了刑,爸爸妈妈一夜之间仿佛苍老了十岁。从那时开始,二哥便开始了蹬三轮车的生涯,那年他刚刚十六岁。那时爸爸所在的工厂已倒闭,妈妈又体弱多病,二哥用他稚嫩的肩膀担起了全家的重担。无论酷暑严寒,二哥都是早出晚归,挣来的钱全部交给母亲。

那时我在学校常被人欺负,因为大哥是贼。一天放学路上,几个高年级的学生又拦住我,口口声声叫我"贼弟弟",我扑上去和他们扭打在一起。很快我便被他们摔倒在地上,鼻子也被踢出了血。这时正好二哥蹬三轮车路过，他不顾车上的客人疯了般冲过来，嘴里大喊着，那几个学生被吓得四散跑了。二哥帮我擦干脸上的血，搂着我默然无语。从那以后，每天的放学时间，二哥都蹬着三轮车到学校接我。

有一次我在书店看到一套《鲁迅小说全编》，那是渴望已久的，可是我只能带着遗憾匆匆翻了翻，30元的定价让我不敢去想。回去后我心中总是闪着那套书精美的封面，做事也恍恍惚惚的。二哥看我魂不守舍的样子便问我怎么了，我对他讲了那套书，语气中带着希望与无奈。一天放学时，二哥早早地等在校门口，见到我便说："走，咱买书去！"惊喜的我根本没想到去问二哥哪来的钱，当那套梦寐以求的《鲁迅小说全编》静静地躺在我枕畔时，我梦里都带着笑容。

第二天放学和二哥回到家，爸爸寒着脸问我哪来的钱买书，我吓得不知所措，二哥说："是我给他买的！"妈妈问："你的钱不是每天都给我了吗？哪里来的那么多钱？"二哥垂着头一言不发，爸爸火了，抄起笤帚问："说，是不是偷的？"自从大哥因盗窃被判刑后，爸爸对这个"偷"字恨之入骨。二哥梗着脖子说："不是！"爸爸怒吼道："钱到底哪来的？"二哥又恢复了沉默。爸爸的笤帚雨点般打在二哥的背上，边打边说："你们都不争气！我让你偷！"二哥一动不动地站在那里任凭爸爸打他，妈妈扑过去护住二哥，忽然她"哎哟"叫了一声，问二哥："你的肩膀怎么了？"爸爸住了手，妈妈扒开二哥的衣服，我们全呆住了，二哥的肩头肿得老高，破了皮的地方还往外渗着血！妈妈问："你这是怎么弄的？"二哥说："昨天我去工地扛了一下午木头！"爸爸手中的笤帚掉在了地上，我紧紧拥住二哥，我们全家都流泪了。

我上高中的时候，大哥已刑满释放。他自觉无颜见人便去了南方，一走便没了消息。这时二哥早已不蹬三轮车了。他曾经租了个铺位卖服装，由于嘴皮子不灵很快便不干了；后来他又同别人合伙做买卖，因为心眼儿太实被骗了；现在他在一家工厂当装卸工，依旧每天早出晚归。这期间有亲戚给二哥介绍了一些对象，可哪个都没成，人家不是嫌我们家条件不好就是没看上二哥的憨样。倒是有个姑娘不在乎这些，却又被二哥给气跑了。爸妈责问他，他只是一句话："我结婚了你们怎么办？再说我也不想连累人家！"我善良的二哥就这样为了全家而牺牲了他的幸福。

1995年我顺利地考上了大学，高兴之余心中涌起阵阵的感伤，二哥肩上的担子更重了！二哥高兴得整天笑，不善言语的他逢人就说："我弟弟考上大学了！"自从大哥出事以来，我们家很久没有这样扬眉吐气了。二哥坚持要送我去学校，火车经过一夜的奔驰终于到了沈阳，来到了学校。看着一幢幢楼房二哥的神情兴奋地变幻着，我的心一动，知道这也是二哥心中早已埋没的梦想。二哥住了一天就走了，他买好车票后把剩下的钱全给了我，我们坐在候车室中默默无语。二哥上车后，隔着车窗对我说："以后自己生活，一切都要小心啊！"火车启动了，我的心中像起了雾一样，穿行着无数往事，想起了从小到大二哥对我的关心与爱护，想起了二哥为这个家所做的一切，我的心一酸，轻轻喊了一声"二哥"泪水便涌出眼眶。

大学期间二哥每月都寄钱来，他很少写信，可我知道他心中仍然像从前一样牵挂着我。大二时，二哥在家乡开了一个小吃部。由于二哥人实在，大家都愿意到他那儿吃饭，生意很红火。我心里很欣慰，想着遥远的二哥忙碌的身影，总是久久不能平静。

毕业后我去了另一个城市工作，二哥时常打电话给我。在我最落寞失意的时候，二哥是我唯一可以倾诉的人。听着二哥憨厚的声音，心中所有的不快便都烟消云散了。在二哥的帮助下，我终于走出了低谷，不仅工作出色，而且每年在全国各大报刊发表文章百余篇，正在迎来生命的辉煌。去年，三十三岁的二哥终于结婚了。二嫂是乡下人，和二哥一样纯朴善良。婚礼上二哥依旧憨憨地笑着，被主持人逼得满脸通红。在亲朋们善意的笑声中，白发苍苍的父母笑出了眼泪，我的心也被那份血浓于水的亲情柔柔地包围着，热泪盈眶。

婚礼后我和二哥在他的小吃部对坐喝酒，讲述着小时候的事，我们都很激动。送走最后一个客人，二嫂坐过来笑着说："没想到你们哥俩儿的感情这么深厚！"

我深情地看着二哥说："二嫂，我是站在二哥的肩膀上才有今天的高度啊！"

最美的一觉

我读初中的时候，大哥就早已辍学了，帮父亲去后山采石场拉石头。那时家里很穷，根本供不起两个孩子上学，于是大哥选择了放弃读书。他说："反正上学别人也嘲笑我，就算学习再好，也不会有学校要我，不如帮家里干活，把弟弟供出去！"

大哥和我睡外面的小屋里，一张大木床是父亲做的。拉了一天的石头，大哥吃过饭上床便睡。大哥总是侧卧着睡觉，蜷着双腿，有时在灯下学习的我抬起头看见他睡觉的样子，心中便会涌起浓浓的感动与感伤。

后来我上了镇里的高中，没有住校。镇上高中离我们村有十八里的山路，我每天都要步行上学放学。当初父母也让我住校，我坚持不住。除了为省钱，更是想和大哥住在一起，我希望每天晚上都能看到他。

那时我的个子已远比大哥高了，大哥只到我的肩膀。可就是这样瘦小的大哥，把一车车的石头拉到了山外，用窄窄的双肩,把这个屋顶慢慢地撑起。那一天,干了一天活儿的大哥刚从山里回来,饭还没顾上吃一口便被舅妈带着去相亲了。这是第一次有人给大哥介绍对象。大哥很快便回来了,说对方是个寡妇,没有看中他。

吃过饭大哥便回屋躺下了,依然是侧卧的姿势。那晚我没有学习,早早地躺在大哥身边。大哥并没有睡着,过了好久,他忽然问我:"小弟,知道大哥最大的心愿是什么吗?"我无语,心里变得沉重起来。我的大哥,他失去了太多的东西了。大哥说:"我就是想能平躺着好好睡上一觉!小弟,平躺着睡觉是不是很舒服?"黑暗中,我的泪汹涌而出。

大哥生下来就是驼背,后背高高耸起,像背了一个大大的包袱。他只能侧卧着睡觉,整日劳累的他,能平躺着睡一觉竟成了最大的心愿!我的心忽然很痛很痛。

第二天,我早早地回到家,翻出父亲的木锯,把床板拆下来,在大哥睡觉后背的位置,用锯拉开了一个方洞。然后把床板安上,铺好了褥子。大哥回来后,当他吃过饭上床睡觉时,我说:"大哥,今晚你可以平躺着睡一觉了!"大哥一愣,我掀开了被子,床那里凹下去一个坑,大哥的眼睛一下子湿了。

那个晚上,大哥平躺在床上,痛快地舒展着四肢,不停地说着:"太舒服了!每个部位都可以好好休息了!"在黑暗中,我的泪水又一次滑落。第二天早晨,大哥显得比平时都有精神,看来他真的睡了很好的一觉。可是晚上放学回来后,发现大哥把那块床板又钉上了。他对我说:"有昨晚那一觉就够了,知道了平躺着睡觉的滋味儿。以后还是老样子吧,我怕睡惯了自己会变懒啊!"我的心濡湿了,亲爱的大哥是不想让自己过得太舒适了啊!看见我难过的样子,大哥轻声说:"别难受,小弟,总会好起来的。我会记住昨天晚上的,那是我这辈子睡得最美的一觉了!"

如今我已远在千里之外,大哥依然在家乡忙碌着。我在心底默默祝福着大哥,祝福他每个夜里虽然睡得不安稳,却夜夜都能有最美好的梦!

父亲是孩子生命中第一座山峰

读大学时,有一次和一位老教授闲谈,无意间提起了他的儿子,老教授的脸上马上现出了自豪之情,他儿子现在正在国外读博士,年纪轻轻就已出版了几本学术专著。我们问他是怎样培养孩子的,他说:"我从不去严厉地管教或责罚,每当想要他做好或学好什么事,我自己就先把那件事做好。那些年我学会了琴棋书画,只是想孩子能学得更好。儿子考上清华以后,一次无意间翻看他中学时的日记,竟发现他一直是把我当成竞争对手的,想来真是令人感慨啊!"

许多年后当我也为人之父时,面对儿子的不上进,懊恼之余,忽然就想起了老教授当年的话,于是我没打儿子,也没骂他,只是自己先把那些事做好,然后对儿子说:"我年纪这么大了都能做得很好,你这年纪正是学习的时候,应该比爸爸做得更好!"儿子愣了一下,觉得我说得有道理,便很起劲儿地去做那些事了。那以后,我们一起练书法，一起弹吉他，甚至一起做一套竞赛题，竞争很是激烈，儿子的兴致异常高涨。有一次看儿子写的一篇题为《我最崇拜的人》的作文，惊奇地发现我竟成了他心中的偶像。他写道："爸爸什么都学得很快而且做得很棒，我一定要超过他！"看罢不禁心潮起伏。

在对孩子进行督促引导时，我们做家长的往往是对孩子责骂逼催，甚至用暴力驱使，却很少想过去给孩子做出一个榜样。其实在孩子最初的内心中，父亲是一个英雄，可随着他们渐渐长大，父亲的英雄形象便会淡漠下去。我们越不懂得维护自己在孩子心目中的形象，孩子对你的建议就越不重视。只有在孩子心中保持着优秀的形象，特别是在他感兴趣的事上表现得更出色，让孩子把你当成偶像，他才会去努力超越你。而拳脚相加，只会引起孩子逆反，直到你在他心中最初的那点崇敬也荡然无存。

孩子在成长的过程中会有无数高峰在等着他去翻越，而父亲就是他生命中的第一座山峰。只有父亲以山的形象屹立在孩子心中，孩子才会有攀登的欲望；也只有父亲的山峰足够高，孩子才会有更坚强的毅力和信心去面对挑战。所以，作为父亲，要看得足够远、站得足够高！

时间之河上的岛屿

一

小学时我是一个特别顽皮的孩子，整天想着怎么去捉弄别人，常让老师们头疼不已。

有一次在操场上踢足球，踢来踢去忽然瞥见后面一间办公室里有人影一闪。那是我们校长的办公室。校长是一个很严厉的老头儿，于是我大力将球射向那扇窗户。随着一声巨响，玻璃哗地碎了。我们一下全惊呆了，我自己也没想到会射得这么准！

我们傻愣愣地站在那里，竟忘了逃跑。这时，那个老头儿手拿足球向这边走来——现在想跑也来不及了。他站在我们面前，威严地问："刚才是谁踢的？"大家都不说话，把目光齐齐地射向我。我只好说："是我踢的！"校长又问："你是故意踢的吗？"我想了想，点了点头。

他又问:"你瞄了多长时间,怎么踢得这么准?"我小声说:"没瞄,看了一眼便把球踢过去了!"他睁大了眼睛,说:"这么准?我不信,过来,我要你证明一下!"

我用脚停住他抛过来的足球,疑惑地看着他。他说:"球门左上角,射!"

我一脚踢出,球不偏不倚地从球门左上角射入。校长竟鼓了几下掌,说:"好!练球多久了?"我说:"才一个星期!"他再一次惊讶,说:"真是聪明!而且,你敢于承认是自己踢的,又很勇敢。聪明加勇敢,嗯,你的学习也一定不错!好了,你们继续玩儿吧!"说完,用手拍了拍我的头,走了。

我忽然觉得眼睛有些发热,心里有一种异样的情愫在涌动。那以后,我再也没有去捉弄别人,老老实实地学习,认认真真地上课,因为我不能辜负校长对我的评价。

二

在镇上读初中时,因家里还很穷,我穿得很寒酸,衣服上的补丁一块挨着一块。为此,班上的同学常嘲笑我,我很自卑,变得异常敏感。

有一天，班里新来了一个女生，她穿的衣服居然比我的补丁还多。大家立刻把注意力都转移到她身上，指指点点地嘲笑她。我也加入其中，比别人嘲笑得更加起劲，仿佛要将别人曾对我的嘲笑加倍报复在她身上。而眼睛清澈、明亮的她却毫不在意，微笑着迎接我们的目光或话语。

自从她来到我们班，我的心情大为好转，终于找到了平衡。由于她的笑脸，同学们很快便不好意思再嘲笑她了，只有我依然如故。一个下午，我们没有课，我便在镇上闲转。忽然便看到了她，依旧穿着带补丁的衣服。我便迎上去，一边阴阳怪气地搭话，一边用眼睛看她身上的那些补丁。她似没有察觉般依然和我有说有笑。我故意跟着她走，想看看她的家住在什么地方，是不是比自己家还要破败。走了一会儿，她对我说："我到家了，你进来坐会儿吧！"

我抬头一看，很气派的一个大院，红砖红瓦，我一下惊呆了。她笑了笑，不由分说地把我拉进了院子。一进房门，我再一次震惊，屋里摆放着冰箱、彩电，还有一个大大的书柜。在那个年代，在那样的小镇，这样的生活水平绝对算得上是最好的。我立刻觉得自己又丑陋又肮脏，站在那儿不知该进去还是出来。

正窘迫间,她妈妈一脸笑容迎出来,拉着我的手,让我坐在柔软的沙发上。我紧张得手脚不知怎么放。她妈妈慈祥地说:"早就听婷婷说起过你。孩子,我们家也是从苦日子里过来的。穷不是什么可耻的事,也没有人会穷一辈子,所以不要怕别人的嘲笑。那时婷婷回家也总是哭,我就告诉她应该笑,因为哭也改变不了别人的态度。只要能笑得出来,对每个人都微笑,你就会变得自信起来。而且你们比的不是穷富,而是学习。孩子,你懂吗?"我含泪点头。

从那个院子出来,心里暖暖的,充满了力量。那以后我再也不怕别人的嘲笑,我用笑脸面对世界。因为我懂得了怎样去生活,在这一点上,我要比许多人富有。

三

我生平的第一次恋爱,是发生在大学校园里。女朋友家很有权势,可谓贵族子弟。虽然那时我家已经摆脱了贫穷,可和人家比起来,还是有着天壤之别的。

可是在她身上,一点儿也看不出贵族千金的娇气与蛮横,更多的时候,她是安静而温柔的。我们在一起的时候，她像许多女孩一样，让我请吃饭，朝我要礼物，把我花在她身上的钱控制在一个正常的范围之内。这让我既感激又感动。和她在一起，轻轻松松，一点儿压力都没有。

她尊重我的选择，尊重我的人格，尊重我的朋友。她用尊重维护着我的自尊。用她的话来讲，就是只有以尊重为基础，爱情才是健康的。在她的影响下，我为人处世的态度有了很大的转变。

后来，因为许多的阴差阳错，我们终没能走到一起。可是我依然在心底感激她。她不仅给我带来了生命中最美丽的初恋，还带给我那么多可贵的东西，让我一生都受用不尽。

被幸福注册过的苦难

苦难如生命中的盐,而不完整的心就像伤口,两者相遇,疼痛如针刺。疼痛后将心复原,便会于苦难中品咂出幸福,或者于伤痛中生长出希望,开出最美的花朵。

其实更多的时候,我们自认为的苦难,实在是微不足道,是我们涉世未深的心把它无限放大。有一段时间,自己一直不顺,失意而落寞,便每日窝在租住的小屋里,仿佛可以躲得过那些白眼冷遇。一个冬天的午后,去邻家闲坐,同样是城市边缘的古老平房,只是那一炉红红的火让我心生温暖,亲切无比。两位老人脸上的笑容也如风展水,有一种浸润心灵的惬意。一直以来,他们都是老两口生活,虽然没有子女在身边,却丝毫不显冷清。这个小小的院落里,有的只是祥和宁静,仿若东风长在,春暖花开。

大娘拿出几本陈旧的影集,翻开来,有古老的黑白照片,也有一些早年间的彩照。于是,我便随着大爷大娘的讲述，去认识他们的儿子——从儿时的虎头虎脑，到少年时的清秀腼腆，还有青年时的稳重成熟。每一张照片，大娘都会讲出一段故事，而大爷在一旁微笑，偶尔插嘴补充上几句。沉浸在他们的回忆里，想起自己当年的种种，幸福无边漫延。随着他们儿子年龄增大，照片却越来越少，想来那个孩子上大学后便离家，照相次数少了。午后的阳光从窗子洒进来，竟然没有冬天的冷意。合上相册，仍是感动漫涌，两位老人的眼中全是幸福与怀念。

从邻家出来，北风依然猛劲，却觉清凉舒适，而不是冰冷刺骨。趁着兴致信步向市里走去。路过一所中学时，正赶上放学时间，许多学生从校门里走出。停下脚步，过了一会儿，果然又看见了那对母女。十四五岁的女孩坐在轮椅上，身后是一脸微笑的母亲。以前上下班时来去匆匆，我也常看到她们，那时心里也就有着些许同情。而此时细看，发现那轮椅竟是用自行车改装而成的，女孩的腿上盖着一条厚厚的棉被。母女两个脸上都笑意盈盈，时而说几句什么，都带着愉悦的神情。看着这一幕，刚刚平复下来的心，又一次濡湿。她们的生活艰难，可内心却是如此快乐，就像现在接近零下三十摄氏度的严寒，也不能冻结她们脸上的笑容。

见她们和我回去的方向一致，便走上前去搭话。小女孩很爱说笑，只一小会儿工夫，便和我熟络起来。母亲只是笑望着我们，听着女儿讲班上的一些趣事。终于，我问那母亲，女儿现在这个样子，是不是各方面都很艰难。母亲却说："现在不艰难了。你看，我们都很开心，每天都是这样。孩子懂事，学习也好，别看她有残疾，却很自立。夏天的时候，都是她自己上学放学呢！冬天雪大路滑，我才来接送。最难的时候，就是她刚出事的时候，那个时候她很想不开……"母亲的眼中闪过一丝心疼，然后重又蓄满笑意。是啊，不管怎样艰难的日子，总会走过去，而走过去，就是蓝天碧草。

忽然想起一个中学同学，那时我和她是同桌。有一次，她竟然有半个多月没来上学。后来才得知，她在家里和父母吵了一架，离家出走了。家里人遍寻不到，甚至报了警，却一时未能找到。后来还是她自己回来的。回来后，就乖巧了许多，懂事了许多。那时我曾一直追问她那十多天的经历，她只说吃了很多苦，便什么也不再讲。我就想，那一段日子，在她心底应该是难以磨灭的苦难。再后来上了不同的高中，读了不同的大学，和她的联系由少趋无，终于彼此没了消息。

多年后的一天，我回老家的城市，竟在人潮拥挤的街上遇见了她。虽然已人近中年，可我还是一眼认出了她。

我叫住她，看着她的眼神由讶然到欣然，便知往事已在她心底复苏。就在熙攘的街头，我们匆匆说了一些话，二十年的光阴，仿佛只是刹那。往事如昨，近得触手可摸。临别时，我依然不忘问了一句："当年你离家出走十多天，那些日子是不是很难？"她眼神飘忽了一下，然后笑说："苦是很苦，可是却是我最幸福的一段时间。因为，那十多天里，我知道爸妈在想念我，为我着急，我也知道了他们一直是关心我爱我的，所以我感谢那十几天的苦难，让我能体会到一直被忽略着的幸福！"

当我们从坎坷的时光中走出，回望来时的路，都有着一种幸福感。有人说，这样的时刻，我们之所以会感到幸福，是因为我们已经超越了苦难而回头去欣赏苦难。可我却认为，那幸福是一直就存在着的，只是我们深藏于苦难之中，无暇去顾及。就如我们只看到乌云满天，黯淡了心境，却忘记了乌云上面，太阳依然照耀，从不曾离弃。

于是每有挫折来临，我都会想起曾温暖我的许多人事，便觉得一切苦难都会于希望中生辉。永远记得那个冬日的午后，在邻家，当我合上相册，问那两位老人的儿子如今在何方。大娘告诉我，儿子大学毕业那一年，就出车祸去世了。而他们也只是伤心痛苦了一段时间，便恢复过来，日子依然平淡而幸福。她说："我们俩常常拿出儿子以前的所有照片看，讲着儿子从小到大的许多事。这样讲着，就像我们又重活了一遍，把儿子从小养大！"

而那时，当了一辈子教师的大爷在旁边插的几句话却深刻在我心里。他说："儿子是希望我们好好活着的，所以我们每天都很开心。我想，儿子能看到我们的生活，我们也能想着他在时的所有好与坏，这就是很好的生活。他不在了，却还在我们心里，所以这不是痛苦，而是幸福！"

第一次看见您的白发

小时候，爸爸长年在外地工作，每次回来都给家里带来巨大的欢乐。那时我想，长大后也要做爸爸那样的人，去过那么多的地方，知道得那么多，让我年幼的心中充满了敬仰。

可当我渐渐长大，心中的敬仰渐渐淡去，有时甚至对父亲的话充满了怀疑。上了高中后，那种怀疑已上升为一种叛逆。那时爸爸已从外地调回，相处时间长了，当神秘光环褪尽之后，我觉得他知道的也就那么多，所以对他便不以为然起来。爸爸似乎也觉察到了我的变化，便不再讲他的那些经历，每日沉默寡言。那时他每顿饭都喝酒，而且酒量也渐长，这使我产生了一丝反感。后来我开始反驳爸爸，无论他说什么我都要批评一番，有时就算他说得对我也要强词夺理。那样的时候，爸爸总是保持沉默，我一直以为他是理屈词穷了。有时家里来了客人，爸爸和他们一起议论一些事，我也会找机会插嘴反驳他几句。在客人面前，爸爸依然不和我争论，也没有表现出尴尬不满。只是在夜深时，我能听见他在隔壁的叹息声。

高考前我得了一场重病，卧床一个多月。爸爸恰好那时出差去了。我怀疑他是故意走的，因为他一直看不惯我们脆弱的样子。当我的病有些好转时，离高考已不到一个月了。那年的高考我落榜了。那段日子我特别敏感，整日躲在家中，不敢出去见任何人。一天晚饭后，爸爸由于喝了一些酒，话便多了起来，无非对我讲一些道理，言外颇有当初不听他教诲才会有今日的结果之意。我越听越气，忍不住大声喊："你知道什么？说那些有什么用？"爸爸急了，指着我骂了起来，这是我和他第一次发生冲突。最后，我说："不就是没考上大学给你丢脸了吗？我走！"便冲出门去。

在外地漂泊了半个多月，想找点零活儿干，可没有学历、没有经验的我四处碰壁，终于还是硬着头皮踏上了回家的列车。回到家里，爸爸没有骂我，只是准备着让我去补习班复读。在补习班里我努力地学习着——要想摆脱爸爸的管教只有考上大学。第二年当我如愿收到录取通知书时，心中的欣喜无法形容。爸爸也一反常态地高兴。我只是冷冷地想：他高兴只是因为我又给他找回了面子。

爸爸坚持要送我去学校报到。坐在火车上，他不停地给我讲着在外该如何与人相处，乘车时要注意什么，并一再提到他当年在外的经历。我心里很反感，可并没有表现出来，只是一言不发默默地听着。爸爸在学校只住了一天便走了，当火车一声长鸣消失在视线中，我心中有一种失落感，可旋即被即将开始自由生活的喜悦所湮没了。整个大学期间，我只有两个寒假回去过，有时也给家里写信，只是平平淡淡地问候几句。爸爸倒是常写信或打电话给我，那时我心中还不知感动，只觉得他也许是想在信中或电话中教化我几句。有两次爸爸出差到我所在的城市，顺便来看我，可见了面依旧很平淡，他依然重复曾叮嘱过千百遍的话。有时我觉得爸爸很可怜，拿着那些过了时的经验当成宝贝，殊不知自己在儿子心中的形象早已倒塌。

毕业后我留在那个城市，换了几个工作都不称心，最后又回到了家，不得不面对爸爸新的教训。由于怄气，我故意在家不出去找工作。一年多的时间，爸爸终于不再对我说教了，我想他已经对我失望了。我决定出去找工作，可就在这时，爸爸进了医院，严重的脑栓塞！当时我想这是他饮酒的恶习导致的恶果，可当我于深夜中静下心来，心中竟一阵触动，这也许更是爸为我操心上火所致！当爸爸刚刚有些好转时，我便要到另一个城市去工作了，临走时爸爸说："孩子，以后的路就要你自己去走了！"离开家时心情第一次无比沉重。

在外工作久了，才领悟爸爸曾经的经验是多么重要，有些甚至要在现实中撞得头破血流才能获得，而我当初却那么无情地嘲弄了他，把他所说的一切当成耳旁风。当再一次回到家时，已是一年后，爸爸很高兴，一个劲儿地问我工作的情况，他静静地听着，脸上带着满足的笑。当我发自内心地想聆听爸爸的教诲时，爸爸却已不再说了，他现在更高兴听我说。转头间忽然发现爸爸的头发已白了，就像一层雪花落在我的心上，我忽然涌起一种想哭的冲动。过去一直忽视爸爸的白发，就像年少轻狂的我一直忽视爸爸对我的爱。心中盛满悔恨，如果一切重来，我一定会好好珍爱我的爸爸，就像一直以来他都给我以最无私的爱。

今年我结婚了，婚礼上爸爸笑得合不拢嘴。他的白发再一次刺痛了我的双眼，想起小时对他的崇拜与敬爱、想起少年时叛逆与对他的顶撞、想起爸爸日渐苍老的容颜、想起他对我的宽容，我的泪水终于涌出眼眶。那一片白发在我眼中模糊晃动，幻化成我生命中最痛的悔和最真的爱……

偏　方

他嗜酒如命，不但在外面喝，在家里也喝，顿顿酩酊，天天沉浸在醉生梦死的虚幻之中。所造成的后果也接踵而来，不到三十岁的他形容邋遢，先是吹了好几个女友，后是丢了工作。这样一来，更是没了顾忌，仿佛酒是可以解脱所有烦忧的良药。

他的父母对此也是愁眉不展。他们也曾想过许多办法让儿子把酒戒掉，可不管苦口婆心还是疾言厉色，他对酒的依赖都雷打不动。其实在他内心的最深处，也是挣扎着的，只是那么无力、那么苍白。有那么一次，他下了决心，一整天没喝酒，结果却如大病了一场，甚至连床都下不了。酒对年轻的他，竟如毒品一般。

有一天，他母亲兴奋地从外面回来，对他父亲说："老头子，我弄到了一个戒酒偏方，听人说很灵，咱儿子这回有希望了！"父亲听了也是很激动，忙问是什么方子。可当他知道此偏方的内容后，却是犹豫不决。是的，这个方子让人不由得生出疑虑，所需之物竟是没长毛的老鼠崽儿，用这东西弄出来的酒，喝上一杯，马上可消除酒瘾，滴酒不沾。前提是要对戒酒人保密，如果戒酒人知道了那酒的来历，就不灵了。

他的父亲和母亲并不是担心这个偏方不灵，反正都已经失败那么多次了，多一次也无所谓。他们害怕的是，用老鼠弄出来的酒，会不会有毒，会不会对人体有害，毕竟这不同于以往的那些方法。两人思虑了好多天，最后一狠心，反正儿子这个样子基本上也毁了，就赌上一次，万一要是成功了，岂不更好？于是开始张罗着找老鼠崽儿。两个老人拿着锹在野外挖鼠洞。终于，找到了刚出生还没长毛的老鼠崽儿。

酒泡好之后，他们又有些退缩了。他们找到认识的医生咨询，医生们却郑重地告诉他们，这种酒很可能有毒，千万不要尝试！两人都有些不甘。回去后，父亲想出了一个办法，把家里的家畜家禽抓来，一一灌下那种酒，一连两天，也没有什么不对的地方。心里稍稍有了些底儿，最后父亲拍板："没事！拿去让他喝吧！"

于是母亲把儿子常用来装酒的瓶子拿来，换上了他们制成的酒。晚饭时，她把酒菜送进了儿子的房间——自从儿子失去工作后，基本足不出户。收拾碗筷时，母亲发现酒已经被儿子喝了,心里有了几分期待、几分紧张,还有几分难过。

果然有了效果!第二天,送进房间的酒儿子一口没喝,看来这方子果然灵验!接下来的很多天,他竟真的不要酒喝了,只是仍躲在房里不出来。父母不放心,曾偷偷地看儿子的状态怎样。一看之下,发现儿子躺在床上,很虚弱的样子,又像得了场大病。母亲担心地说:"酒是不喝了,咱儿子别真是中毒了吧?"父亲说:"没事!他是刚戒了酒,身体不适应,过一段时间就好了!"

真的如父亲所说,他的身体渐渐恢复了正常,脸上也泛起了红晕。精神也变得饱满起来,并且能走出房门,张罗着找工作。对于儿子这种巨大的变化,老两口子背地里不知多少次喜极而泣。

几个月后,儿子已经完全恢复了正常。父母带他去医院,给他的身体做了一次全面的检查。毕竟暴饮了那么多年的酒,谁也不敢保证他身体落没落下啥毛病。检查的结果让一家人放下心来。他高兴之余,也强迫父亲做了全身的检查,也没什么问题。

出了医院的大门,他对着广阔的天地长长出了一口气,说:"这回我就放心了!"母亲也说:"是啊,你没啥事我和你爸都放心了!"他却说:"妈,我不是担心自己,是担心爸爸呢!"母亲不解地问:"你爸有啥可担心的?"他看了看不语的父亲,说:"妈,你们找的戒酒偏方,危险性也太大了,我老早就发现你们的事了!"

母亲一惊:"啊?不是说当事人知道了就不灵了吗?你咋也戒成了呢?"他笑着说:"妈,那酒我根本就没喝!世界上哪有什么戒酒的灵药啊,想戒酒都是要靠自己的!我能戒了酒,都是因为爸爸!"母亲问:"和你爸有啥关系?"他的眼睛湿了,说:"妈,你还不知道呢!那酒做出来后,爸爸用家里的猪啊鸡啊试过后还不放心,他就自己喝了挺多,就是为了让我能没有危险地把酒戒了!"

父亲擦了擦眼睛,拍拍他的肩膀:"儿子,没事!不管咋的,你还是把酒戒了,这就是好事!你看,我不是身体一点儿问题没有吗?"

他用力点了点头,说:"所以,我没喝那偏方也照样戒了酒。你们为我做的一切,你们对我的关心,就是世界上最好的戒酒药啊!"

第 4 辑

谢谢你路过我的成长

有你的爱在，我不会迷失方向，每当艰难时，每当落寞、无助之时，你的爱是我脚前的灯。前路漫漫，风雨起落，心里装着那份暖暖的爱，站在哪一个路口，都能找到家的方向。

永恒的爱

庞贝古城是公元1世纪时意大利一座繁华的城市，拥有两万居民。在公元79年8月的一天，一场灭顶之灾降临了。临近的维苏威火突然爆发，在惊天动地的巨响中，喷涌而出的火山灰将周围数百公里变成了暗无天日的地狱。庞贝城首当其冲，瞬间被火山灰掩埋。火山灰冷却后硬如水泥，整个城市就这样消失了。这一埋，就是近一千八百年。

意大利考古学家费奥雷利一直希望能找到传说中的庞贝城。1863年的一天，他带领几名工人在挖掘时发现了一个空洞，他把石膏灌进洞中，竟出现一个庞贝人的印模！在十几年的时间中，费奥雷利用这种方法回收了数百具当年遇难者的遗像。庞贝古城被挖掘出来，时间凝固在公元79年8月火山爆发的那一天。

有许多遇难者的尸体都已变成了木乃伊，依然保留着他们生命最后一刻的姿势。游人看到这些情景无不唏嘘感叹，最令人们动容的是一家三口的木乃伊。

那是一座依然完好的房子，当火山喷发时，男人带领抱着小孩的妻子向不远处的一个地洞跑去。可是刚跑上台阶，地上滚烫的火山灰便使他倒了下来。在生命的最后一刻，他竭尽全力地抬起身，转头去看自己的妻子和孩子。妻子和孩子倒在他身后几米远的地方，他还没来得及心痛，铺天盖地的火山灰便将一切掩埋了。

时隔一千九百多年，那个男人还在回望自己的亲人；而那个女人，依然在用身体护着身下的孩子！他们用一个悲情的瞬间塑造了永恒。在近两千年的沧桑后，他们的爱与牵挂依然温暖着我们的眼睛，刺痛着我们的心！

感谢这座古城的重见天日，让我们看到了爱的永恒。丈夫对妻儿的爱，母亲对孩子的爱，在灾难突临时，流露得是那样地真切、那样地刻骨铭心！愿他们能唤醒我们日益麻木的心，让我们去爱自己的亲人，去爱每一个人！

母亲的信一直陪在我身边,我常常想起在无数个不眠的夜里,不识字的母亲怎样艰难地一个字一个字地写着,把一份深深的母爱描绘进我少不更事的心中。

爱在深山野菜花

夏暖日长,小琳的母亲最难受的时候来了。她自两年前患了干咳的病,便一直不好,而且稍一运动就咳得喘不上气来。去了许多大医院,找过无数名医专家,都没有明显疗效。甚至连民间流传的各种偏方土方也用了很多,却毫无用处。

这病很怪,稍冷稍热都会加剧,特别是一到夏天,一咳起来几乎无法停止。小琳十四岁,刚刚上初中,很懂事的一个孩子。她比父亲还焦急,虽然这两年家里为母亲看病,生活条件已经每况愈下,可她并不抱怨。她觉得能把母亲治好,就是最幸福的事。她甚至省下自己的零花钱,留给母亲买药。哪里有治咳的偏方,她都会急急地讨来,亲手为母亲备好。

有一天放学后,小琳去同学家,上了会儿网,便查到一个从没试过的偏方。方中说,要采到山北坡上生长的十种野菜花,放在一起晒干研碎,泡水喝,治咳有奇效。网上附有图片,她仔细地照着画了下来,兴冲冲地跑回家。她和母亲说了偏方的事,便拿起一个小布袋,准备去山里。母亲说天太晚了,怕她有危险,才把她拦住。

第二天放学,小琳早早地回来,拿着图纸提着布袋出发了。幸好这是一个山区小城,周围皆山,而且时值盛夏,野菜正是开花的季节。走了不到半个小时,她便已身在山中了。她来到山的背阴坡,照着图纸仔细地搜寻起来,不顾莽枝杂草划痛腿脚,神情专注而充满希望,就像在小心翼翼地寻找着母亲的健康与幸福。当斜阳染红了山林,她只找到两种,那一刻,看着暮色四合的山岭,她真想大哭一场。可她必须得回去了,她不想让母亲担心。

走在回去的路上,小琳的心又坚定起来。这么多的山,总会找齐那些野菜花的。于是脚步轻快起来,一进家门,她便对母亲说:"山里的野菜真多,妈妈,用不了几天,我就能找全的,到时你的病就可以治好了!"母亲只是慈祥地笑。

那些日子,小琳几乎天天往山里跑,逢上周六周日时间更长,人也晒得黑了许多。所幸的是,似乎上天也垂怜她对母亲的一片孝心,使她终于集全了这十种野菜的花。她每一种都采了许多,又上网仔细核对了一下,确认无误后,才敢将那些晒干后的碎屑混在一起,让母亲泡水喝。

这个神奇的方子终于起了神奇的作用。服用一个多月后,母亲的咳嗽症状明显减轻,这让小琳欣喜万分,往山里跑得更勤了,只为那些野菜花。渐渐地,母亲基本不用再服别的药了,虽然身体还是越来越虚弱,可是咳嗽却越来越轻。家里的经济条件也似乎因母亲的减药而缓和过来,甚至母亲还带小琳去商店给她买了新裙子。小琳感觉到,那些曾经的快乐无忧的时光,又悄悄飞回来了。

有一天晚上,小琳在夜里醒来,忽然听到了父亲和母亲的说话声,虽然声音很低,可是只隔着一层薄薄的木板,那声音还是清晰入耳。父亲说:"你整天吃那个,身体能行吗?"母亲说:"没事,不咳就行了!再说,让孩子天天操心我的病,怕耽误她学习!"小琳一惊,以为自己的偏方出了什么问题。又听见父亲说:"我还是担心,那药对身体有危害的,还不如你咳几下呢!"母亲压低声音:"别说了,没事,别让孩子听见!不咳就行了呗,你看我吃药花那么多钱,也没有用,连孩子都为我省钱呢!这样挺好的,没事,死不了!"

小琳有些明白了。第二天,她悄悄地在母亲房里找到了一个药瓶,她拿着那药瓶去医院问。有人告诉她,这种药只是强制止咳的,服用超过一周,会对身体造成极大的伤害。是的,她的偏方根本没有作用,是母亲用这种药,给女儿造成一种虚幻的安慰。

那一天，小琳含泪又去了山里，看着那些盛开着的野菜花，那些花并不鲜艳，就如母亲的爱，却深蕴着一种悲情的希望。她深吸了一口山间的空气，大步向家走去，她要告诉妈妈，妈妈给她的爱已经足够多足够深，不管怎样，希望都在。就如这些野菜的花，结籽儿后，明年，就又会绽放一片美好。

窗帘后太阳的笑脸

一个夏天的夜里,十四岁的林小娅写着日记。其实也不算什么日记了,只是一种对明天的安排,比如明天要是晴天,要是出太阳,我的病就能好;明天中午继续在窗前数过去的车,如果十分钟内过去的是双数,我的病就能好;明天傍晚那两只麻雀要是还飞过我窗前,我的病就能好……

林小娅一年前患了一种奇怪的病,一走路一活动就头晕,而且四肢无力,去了许多大医院,也无法确诊,她只能休学在家静养。一年了,每天守着那一方小小的空间,一个十四岁的少女就像被困进了笼中的鸟儿。每一天都期盼着自己的病快些好,每一天都希望着奇迹的出现。她甚至迷信于一些事物,比如闲着无事摆扑克牌,摆开了就觉得病会好,比如随便挑一道题做,做出来了就觉得病会好,还有,就是她日记中写下的种种。

这天中午,又到了林小娅数汽车的时间,接连好多天了，都是数的单数，这让她很是黯然。十分钟的时间，窗外单行道上过那么多车，怎么就不多过一辆或少过一辆呢？看来自己的病不会好了。如果今天还是单数的话。她看了看表，开始计时，却没发现父亲也站在旁边屋子的窗前，与她同时开数。

林小娅眼睛紧盯着外面，一辆一辆地数着："三十一、三十二……四十三……"同时心里也暗暗地祈祷。眼看还剩半分钟，已经数到了九十四，便好一会儿没车过来，她的心已经提到了嗓子眼儿，千万别再过来车了，千万，可最后的十秒却仿佛一个小时那么长。终于，十分钟到，再没车来。她长出一口气，很是高兴。

傍晚又到了，吃过晚饭，林小娅坐在窗前，开始望向空荡荡的天空。那两只麻雀，有许久许久不曾飞过了，或者它们当初只是偶尔路过，可是却成了她心里对一种希望的企盼。有时她会想，麻雀那么多，应该会飞过窗前，可天空又那么大，不飞过也是很正常。就这样心神不定，目光渐渐黯淡。忽然突的一声，她神情一振。只见两只麻雀从下面飞起，掠过窗户，直飞上天空。那一刻，她心中充盈着巨大的欣喜。

晚上睡前，林小娅在日记中高兴地写道："这三个条件竟然有两个都实现了。如果明天早晨，拉开窗帘，有阳光照耀，那么我的病一定会好了！"她从不上网查看天气预报，她只是任凭自己的心中保持着希望。

一夜无梦。第二天早晨，林小娅一睁开眼睛，看见窗帘外暗暗一片，心里便是猛地一沉。不过，她还是慢慢地拉开窗帘，果然阴着天。忽然，一个东西闯进她的眼睛。那是一个太阳状的金黄气球，正飘荡在窗外，细看，上面还写着一句："心里有太阳，天天是晴天！"她打开窗子，向下看，只见父亲正站在楼下，手里拿着气球的长线。

站在那里，林小娅的心忽然充满了感动。她知道，昨天中午，在那条单行道的起点，她的母亲就站在路中间，手里的电话还接通着父亲，是她在最后十秒钟拦住了那些车。她也知道，昨天的黄昏，父亲把费尽心思捉来的两只麻雀，从她的窗下，悄悄地放飞。

那以后，林小娅再也没有把希望寄托在那些事件上，心里的窗帘拉开，阳光飞舞，希望生生不息。而给予她那些温暖和力量的，就是父亲母亲。

响在心里的声音

一个夏日的午后，小睡，忽然被一种声音惊醒。惊惶四顾，周围寂静无比，那声音却似仍响在心里，刚才短短的梦境逐渐清晰，知道那个声音竟是穿透了近三十年的光阴传入梦里。

那是从一块磨石上发出的声音。那块磨石是爷爷的最爱。几乎每一天，他都要在上面磨些东西。爷爷是木匠，除了磨他的那些锛刨斧锯，家里所有的镰刀什么的，也都磨得亮亮的。常常是在午后，那沙沙的声音就会响起。那个时候，听着那熟悉的声音，竟会很安心，睡得无比踏实。可是在多年后的这个午后，忽然重逢之下，我竟从那美好的旧梦中惊醒。

犹记得那块磨石，极大，由于长年使用，石面已经凹下很深，就像弯月的曲线。已不知爷爷守着它过了多久，石面上的工具已经换了不知多少茬，那一双粗糙的手与石面的细腻相对比，差距越来越大。爷爷就这样磨走了无数春去秋来,磨得秋霜染白了须发,磨得腰身同石面一起弯曲。

有那么一个中午,睡下,却没有听到爷爷磨刀时的声音,一时竟是睡意全无。出去看,磨石仍摆放在仓房的门前,七月的阳光在上面驻足,却不见爷爷的身影。我很是担心,怕爷爷受伤。在这块磨石上,爷爷那双满是老茧的手,不知被那些磨得飞快的刀具划破过多少次。满村去寻,却见爷爷正在一户人家,对着一堆木头挥汗如雨。那是爷爷在给那家的老人打制寿材,爷爷曾给十里八村无数人打过寿材,包括上色甚至画上二十四孝的图案。

爷爷把一个刨刃递给我,让我回去帮他磨一下。我很兴奋地跑回家,学着爷爷的样子,在石面上洒了水,便沙沙地磨起来。如此近地听着手下发出的声音,有着一种难以言说的亲切感。后来从乡下搬进城里,爷爷把磨石也带着,在城市的小院里,他也经常磨他那些再也用不到的木匠工具。声音如故,只是爷爷常常磨着磨着就停下来,身前的磨石亦默然,仿佛被无边的寂寞包围。

后来爷爷去世,又搬了几次家,那块磨石也不知失落在何处。那陪伴了我多年的声音,常在记忆深处响起,可是在梦里出现,却是第一次。那沙沙的响声,就像轻快的脚步,只是一瞬间就跨过了无数时光。

又一个午后,再次于睡梦中听到熟悉的声音,醒来,那声音犹在耳畔。推窗看,小区里来了一个磨菜刀的老人,正在七月的阳光下,在一块磨石上,奋力地推动粗糙的双手。我找出了家里所有的刀具,就蹲在那里看老人磨,听那声音直入心灵。隔着那么遥远的岁月,又有了久违的宁静与安心。

谢谢你路过我的成长

在我的成长历程中,许多曾经与我同行过一段的人,在我心上留下了深深的印痕。成长是一个花开的过程,有人说,花开也是一个疼痛的过程。可是,在那葱茏岁月里,有多少双手曾温暖我年少时的疼痛,有多少目光曾轻抚我无知的任性,甚至那些曾经认为的伤害,也是医我青春之痛的心灵手术。

先说说老师。在孩提时代,也许容易走进孩童心灵的老师都是性格极好的,像亲人一般,在我们最初的生命中会印进难以磨灭的温暖。而再长大一些后,当青春岁月呼啸而来,老师往往会引起我们的反感,这个时候,能让人记住的老师,或是对我们特别好的,或是特别不好的。

一年级的时候有个女老师,我们都很喜欢。她那时很年轻,对我们也有耐心。我们刚入校门,有些同学甚至会不自觉地脱口而出叫她"妈妈"。之所以现在依然记得她,是因为她打消了我对上学的恐惧。那时我和别的孩子不一样，别人都渴望上学，我却有着一种说不清的害怕。是她带我走出了当时的阴影，虽然她只教了我们半年，却在我的学生时代写下了温馨的第一页。

初中时，刚刚从农村搬进县城，转入新学校，那种最初的上学的恐惧又出现了。让我崩溃的是面对城里同学时的自卑。那种自卑仿佛与生俱来，本已埋藏在心湖深处，这一刻全都浮出水面。学习吃力，与城里同学交流不畅，时日一长，心里一片暗淡。就在这个时候，有一个老师出现了，实际上她一直都在，只是，她忽然注意到了我。每次作文的后面，她都会用红色的笔写上一大页的话，就像一团炉火，让我的心渐渐温暖，重又生长起无边无际的美好。

那时初离故乡，虽然并不遥远，但那份思念却时时萦怀，在少年的心中刻下一道不可磨灭的印痕。于是作文里时常出现乡愁，而那个语文老师便在作文后告诉我，她也曾离开过故乡，也曾有着同样的思念。老师和我无声而坦诚的交流，让我感受到了温暖和希望。同样，她只教了我们一年，便搬到了遥远的另一个城市，此后再也没能见到。

她走了以后，所有的负面情绪又重新包围了我，阳光刹那消失于阴云之下。本来学习成绩就有些跟不上，此后更是放任自流。我甚至开始敌视身边的每一个人。

新来的班主任是个男老师,他对我极为严厉。我当时觉得那是一种歧视,无论我怎么做,在他那里换来的永远是白眼。我也曾想过,通过努力,用成绩赢得尊严,可最终却一再失落。若是他冷漠,若是他不理睬,我会反而觉得好些,他却在一次又一次的对比中,将我本来就脆弱的自尊无情践踏,仿佛我付出的努力只是他用来羞辱我的借口。于是仅有的一丝进取心也消散殆尽,任他去说。可是后来,当那种侮辱到达一定程度时,我终于让所有的压抑变成了力量。

即使后来我成绩已经是优秀,依然换不来他那张脸上的一丝笑容。他从没对我笑过,直到毕业。几年后当我快要上大学走的时候,去初中母校闲逛,在校园里看见了他,他一动不动坐在轮椅上,他妻子推着他。我蹲下身仔细地看着他,他亦看着我,终于慢慢地,他的脸上艰难地露出一丝笑意。师母说,他一直都在打听着我的消息,他一直为我自豪。那一瞬间,我心底的坚冰突然崩塌迅速消融,全部化作暖暖的感动。

在我十几年的学生生涯中,特别是少年的那些时光,如果没有那样几个老师,也许我会走上一条和现在完全不同的路。其实不管是怎样的路,若是有人能用温暖的身影陪伴着，引领着，就是一段幸福的旅程。而有一些校园之外的人，虽然没有一直相伴，却在偶尔的同行或邂逅中，默默地教会了我许多，让我在以后漫长的风雨起落中，每次想起依然心存希望。

少年时唯一一次离家出走的经历，更让我刻骨铭心。在离家千里的火车上身无分文，邻座阿姨下车前送我的一本书里夹着的五十元钱，还有在春花背景中她的温暖笑脸，一下子点亮了我心中所有的柔软；高考失败后，我去遥远的地方散心，当火车穿越最长的隧道时，那个盲人大哥平凡而又蕴含深意的话语，打开了我心中紧闭的那扇美好之门；还有在大学里，孤独的我在寂寞的生日时，在结冰的河畔雪地上，看到那个女生留给我的祝福，冰天雪地立刻充满了温情……那些匆匆擦肩而过的人，或许只是无意的种种，却在我心里播下了太多美好的种子，当我独自前行时，当我落寞重重时，便开出千树万树的花朵，给我长久的芬芳与希望。

甚至，我要感谢一个孩子。我见到她时，正是夏天，在叔叔家的村里。十岁左右的小女孩，就安静地坐在院门前的树下看书，一本普通的一年级《语文》教材。我仔细一看，很是吃惊，她的书竟然是反着拿的，便问原因。小女孩告诉我，她每天就坐在这里看书，弟弟上一年级，他的书她都已经看得很熟了,几乎全能背下来,没事时只好倒着看,要不也不知道做什么。我很感动,一直以来,很少有这样的情景能直入我心灵深处。我离开村子时,送了她好几本书,她很高兴,说要和弟弟多学习识字,要好好地看书。

走到村口,回头依然是那个小女孩的身影,依然坐在门前树下。她是一个残疾孩子,每天只能坐在那儿,看她手里心爱的书。感谢能遇见她,让那时还不喜欢学习的我,有了心灵的震撼。如今回首已经遥远,那个孩子依然在我心里,在夏天里,带着阳光般的笑。

成长的岁月匆匆如天上的浮云,仿佛还在路上,就已经散尽。可是那些人,一直在心底,如星光闪烁,指引着方向,像脚前的灯,照亮长路长夜。这么多年过去,当年的人再也没有见过,可是却一直行走在我的青春岁月里,使得那一段圣洁遥远的时光也成了生命中最为珍贵的所在。

在我的成长岁月中,你们,就是最美的风景。

夜雪的声音

有谁在茫茫大雪的夜里用心倾听过雪花亲吻大地的声音？就像爱的嫩芽破土而出的声音，就像花开的声音，让人的心中充满了濡湿的感动。

很多年前的一个冬夜，我从梦中惊醒。那时自己还是一个不解世事的小孩子，当时正在发高烧，看见外面雪在大片大片地下着，便爬到窗前向外看。雪花扑在玻璃上发出轻微的声响，这让我莫名地激动。那是第一次发现下雪也有声音！后半夜，我烧得更严重了，妈妈便背着我去医院。雪还在下着，四周一片寂静。伏在妈妈的背上，只能听见脚踩在雪地上发出的"咯吱"声。我昏昏沉沉的，仿佛是一场梦。现在想来，妈妈的后背驮着我童年所有的梦想啊！我看见雪花一片片地落在妈妈的头发上，不一会儿她的头发就一片雪白了。那时我还没有想到，岁月的大雪终会染白妈妈的黑发。那条路仿佛走了很久，雪一直在飘着，感动一直在心间。

童年时眼中的世界就是这样，温馨而美好。每次夜里走在雪地上，我总有一种伏在妈妈背上的感觉。世界上的黑与白这样和谐地融合着。黑的是夜，白的是雪。黑的是我的眼睛和头发，白的是我的肌肤和灵魂。身后那串深深浅浅的脚窝里，盛满着对生命的感悟与感激。

在我的生命中还珍藏着另一个雪夜。那一年我高考落榜在补习班复读，心境黯然而苦涩。有一天放学后天已很黑，外面下着雪，我忽然不想回家，便一直走到河畔。天地一片苍茫，凝重的是黑色，灵动的是白色。凝重的是我沉沉的思绪，灵动的是不可捉摸的梦想。我坐在雪地上，任雪花将我包围。这时我又一次发现，落雪是有声音的，轻轻的，仿佛来自心底的震颤，只有用感悟的心才能听得到。在我迷迷糊糊间就要睡去的时候，妈妈的呼唤声远远传来。无言地走在回家的路上，"咯吱咯吱"的踩雪声传递着妈妈无尽的爱意。回到家中，门外的雪仍在下，我心中的雪也纷纷扬扬，把黯然的心境映衬得一片圣洁。脸上湿湿的，是融化的雪花在暖暖地流淌着。

多年以后的一个冬夜，刚刚经历失业与失恋双重打击的我病倒在床上，那时在城里的房子中，我觉得身前身后都是寂寞的陷阱。孤独的我躺在床上，又一次听到了落雪的声音，仿佛是我的心在慢慢破碎。就让这大雪把所有的希望冻结吧!忽然门开了,一个人闯进来,满身满头的雪。是母亲!她连夜从乡下赶来看我,一进门就问:"你怎么样?你怎么样?"摸了摸我的头后,妈妈着急了,说:"发高烧了,我背你去医院吧!"我摇了摇头,看着容颜憔悴的妈妈用手拂掉头上的雪,可她的头发依然是雪白的,我流下了两行眼泪。所有的伤痛在深深的母爱面前都已微不足道,心已暖暖的,复原如初。窗外落雪的声音越发轻柔,就像我悄悄流下的泪。

人生风景匆匆游走,总是在飘雪的夜里,在轻轻地落雪声中重温往事的沧桑。蓦然回首间才发现,在那些寒冷的夜里,那个披着一身风雪、给我最无私的爱的人,才是我一生中浓得化不开的牵挂!

满街的高跟鞋,永远的伤痕

我读高中时,妹妹读初中。我和妹妹生活很俭朴,从不多朝家里要一分钱,我们几乎没有新衣服,可我们从不自卑。有一次无意间看了妹妹的一篇日记,我才明白这个少女心中埋藏着多少梦想。

一个周末我和妹妹去郊外玩儿。初夏的阳光暖暖地照在大地上,许多中学生从身边说笑着走过。我忽然看见妹妹正望着一个女孩脚下那双崭新的高跟鞋。那高跟鞋在阳光下熠熠生辉。我听见妹妹轻轻地叹息了一声。我心里忽然充满了莫名的伤感,妹妹转过头来说:"学校不让中学生穿高跟鞋的。"我望着妹妹的眼睛,说:"以后哥哥一定为你买一双漂亮的高跟鞋!"之所以说以后,是因为当时根本没有钱。我爱写文章,可有时连投稿的信封、邮票都没钱买。妹妹摇头说:"我要自己买!"

果然,放了暑假妹妹便去同学家开的饭店打工了,她对家里说要自己挣够开学的学费和书费。懂事的妹妹让父母感动得热泪盈眶，可我知道妹妹心中还藏着那个关于高跟鞋的梦想。那时我高考结束不久，自我感觉很不好，整日在家里闷闷不乐。妹妹每天早出晚归，我每晚去接她，问她累不累，她说一点不累，就是忙，要刷很多盘子和碗。可我分明看见她的手被带洗涤剂的水泡得又红又肿，我心里有说不出的疼惜和钦佩，小小的妹妹已经知道为自己的梦想而拼搏了。

过了些日子，高考成绩公布，我距专科分数线仅差十分，我的情绪低落到极点。那些日子，除了每天晚上去接妹妹，我几乎足不出户。妹妹总是在空闲的时间无言地陪伴我，让我既感动又愧疚。如果我能像妹妹那样努力就好了，她的成绩是班上最好的，而我却差得太多了。八月下旬的时候，我收到了一所师专的录取通知书，却是自费。面对昂贵的费用，我只能放弃。而复读一年学费也近千元，这对我家来说是很难的，爸妈为此愁眉不展。

快开学了，钱还没有凑齐。那天，爸妈正在商量去哪里借钱，我默不作声地坐在一旁。商量了半天也没有结果，因为能借的都去借过了。这时，妹妹提前回来了，看见我二话没说便把三百元钱放在我手里，说："哥，这钱给你，我相信你明年一定能考上！"看着妹妹真诚的眼睛，我的泪流下来。我拥住她，说："我以后一定会为你买高跟鞋的!"妹妹笑着说:"好的,我等你给我买,反正高跟鞋什么时候穿都可以。"我看见爸妈在擦着眼睛。

一年中我以十倍的努力学习着,因为背负着妹妹一片殷殷的希望,妹妹放弃了自己的梦想来帮助我复读,我会珍惜每一分钱换来的时光。又一个七月来临,当我气定神闲地走出考场,妹妹又出去打工了。八月初,成绩出来了,我超出本科段近50分!全家都为我高兴,妹妹拉着我的手兴奋得直掉泪。好运接踵而来,我的一篇文章发表了,而且有二百元的稿费。我的激动难以形容,我终于可以给妹妹买一双高跟鞋了,妹妹穿上高跟鞋一定婀娜多姿!

我让妹妹请了一天假,带她去买高跟鞋,顺便寄一篇稿子。妹妹脸上挂着幸福的笑容,我心里暖暖的,终于可以还妹妹一个美丽的梦想了。刚刚下过一场小雨,空气清新怡人。街对面有一个绿色的邮筒,妹妹拿过我手中的信,说:"我去给你寄,一定可以发表的。"她轻盈地向街对面跑去。

随着一声尖厉的刹车声,我眼睁睁地看着妹妹的梦想轻轻地飞了起来……而那满街的高跟鞋,自此也就成了我心头一道永远的伤痕。

烛影摇情

有一天夜里忽然停电了,这在城里是极少见的事。我拿着手电翻箱倒柜地找出了半截蜡烛,点燃,然后斜倚在床上看一本小说。

恍惚之中仿佛回到了儿时,家在农村,一年有大半年的时间停电,晚上就是一根蜡烛照明。那时我刚上小学,常常在昏黄的烛光中写作业,母亲坐在一旁干家务,或纳鞋底儿,或缝缝补补。有时我抬起头,便看见烛光将母亲的影子投在墙上,那身影微微摇曳着,于是小小的心中便有了莫名的感动与感伤。有多少年,母亲的身影就是这样一成不变的。无数个夜里我从外面玩耍回来,总能看见母亲的影子映在窗上。是的,在那烛光之中,有爱我的母亲,有温暖的家。

最热闹的时候,是过年,一家五口人围坐在桌旁吃年夜饭。这时桌上会点燃好几支蜡烛,烛光把我们的身影交错重叠在墙上。我会看着那些影子出神,墙上弥漫的是团圆的气氛。

后来，姐姐相继出嫁，我家也搬到了城里。大年之夜，我和父母坐在桌旁，明亮的日光灯下，我可以看见父母眼中的落寞。灯极亮，影子却是极浅极淡，像那些渐渐远去不再清晰的往事。

再后来，我也离开了父母，只身到了另一个城市工作。我常常会想起父母，想起他们在灯下的孤独与寂寞。他们的心中，一定和我一样怀念在农村的那些日子，怀念那一点莹莹的烛光，虽然昏暗，但却温暖，因为孩子们都在身边。

那个停电的晚上，在烛光之下，手中的书我一个字也没有看进去。我看着那一簇火焰，伸缩明灭，一股带着伤感的暖意在心底弥漫开来。透过烛光，我仿佛看到了那些烟尘深处的岁月，看到了那些微微摇动的让我感动的身影。于是心中盛满了幸福与牵挂、怀念与眷恋。

最好的拐杖

姥姥在去田里干活的路上,被经过的一辆拖拉机上掉下来的木头砸了腿,从此她的一条腿就落下残疾了。

姥姥有四个儿子两个女儿,孙子孙女一大群,她平时最疼我们了,有什么好吃的都要留给我们。医生说姥姥要常运动,要不另一条腿也可能会坏死。于是没事的时候,我们便抢着搀扶姥姥出去散步。那样的时刻,姥姥总是笑得很开心,一边走一边轻抚着我们的头。

后来,随着年龄的增长,出去上学的上学,工作的工作,我们这些表兄弟姐妹都离开了家乡。从此,姥姥的膝下便空了。为了让姥姥能多走动,木匠出身的姥爷精心地为她做了一根拐杖。可是姥姥拄了没几天,便扔在一边了。姥爷以为不好用,便又重新做了一根,比原来的更好。可是姥姥依然没用几天便弃之不用了,整日坐在房里闷闷不乐。姥爷问原因,姥姥说:"那拐杖冰凉的,也不会说话,挺闷人的!"姥爷想了一夜,便又做了一根拐杖，并包上了棉花，触手柔软而温暖。为了给姥姥解闷，姥爷特地买了台小收音机挂在拐杖上面。可结果依然一样，姥爷大惑不解。

那年过年时，我们全从外地回来了，热热闹闹的。可是发现姥姥却很虚弱，姥爷说她不运动，不喜欢那些拐杖。于是我们又轮流搀着姥姥在村子里散步，姥姥精神一下子好了起来，脸上露出了久违的笑容，不停地问我们在外面的情况。姥爷说："你们一回来，你姥姥马上什么毛病都没有了！"我们深有感触，后来大家一商量，说好不管多远多忙，都要每人请半个月假回来陪姥姥，并排好了顺序。二十五个人，正好可以轮一年。

那以后，姥姥每天都开开心心的。于感动中终于明白，在姥姥的心中，我们才是她最好的拐杖啊！

用爱照亮爱

他是一个在孤儿院长大的孩子，对于父母和家庭一直没有完整的概念，而那个被他认为纯粹是个代号的名字——党建辉，更是毫无感情色彩。孤儿院中的孩子大多姓党，可能是以此来记住党的温暖。有那么一段日子，党建辉也的确是感觉温暖的，一个和睦的大家庭，一群兄弟姐妹，可是一走出这个院子，他便体会到了太多的白眼、冷遇。

他的性格愈发地孤僻，不敢也不愿去和别人交往。在学校里，他独来独往。那些身边的热闹，对于他来说仿佛丝毫看不上眼。他越发怀念在大院中的那些日子，于是用高墙把心困围起来，以为可以挡得住风雨，可是这种自卑而脆弱的性格似乎注定要受到伤害。久而久之，他终于在愤怒与失望中挥起了拳头。

到高中的时候，党建辉已经成了众人眼中不折不扣的坏学生，几乎每个人见到他都绕行，怕自己不经意的目光惹怒这个小霸王。他本来想把这种日子熬到毕业,可发生了一件事却把他推到了绝望的边缘。由于他把一个同学打成重伤,被拘留了几天之后,学校将他开除了。而孤儿院在支付了一大笔费用之后,也将他逐出去了。他心底最后的一丝温暖也随着孤儿院大门的关闭而烟消云散。顷刻之间,他变得无依无着,仿佛一只无枝可依的倦鸟。

生存成了党建辉眼前最大的问题,他也曾试图去找些活干养活自己,可人们一看他单薄的身体,便把他拒之门外。在太多次的碰壁之后,他终于放弃了,开始了小偷小摸。有一次他盯上了一个建筑工地,他曾去这个工地应聘力工被拒,便想从这里偷出些东西来报复他们。他逡巡了良久,可那个打更的老人十分机警、负责,一直找不到下手的机会。他不甘心就此罢手,仍继续寻找机会。有一天,他趁老人出去巡视时摸进了他所住的小屋,在一件衣服里翻出了二十元钱,并顺手拿了两个馒头。他心中有一种说不出的畅快。凭着这二十元钱,他能活上几天。

自那次得手以后,党建辉观察了几天,发现那老人并没有什么异样,便又一次潜入了小屋中。这一次他竟翻出了五十元钱,还是在那件衣服的同一个口袋里。他欣喜不已,胆子也越发大起来,此后便频频出入这个小房,每次都或多或少有些收获,至少能拿几个馒头充饥。他觉得这个老人似乎浑然不觉。他暗想,就算发现了他也不怕,那个老人绝不是他的对手,顶多以后不来这里活动罢了。

一个晚上,他刚进入小屋,翻到了十元钱正要向外走,老人却突然从门外进来了!党建辉一下愣在那里,犹豫着该不该把老人打倒在地夺门而逃。这时,老人发话了:"小伙子,你来有事吗?"他急中生智,说:"我想找口水喝!"老人看了他一眼,从床下拿出一瓶矿泉水抛给他,他道了声谢飞快地出了门。

以后的很长一段日子,党建辉不敢从那儿经过。可当饥饿难耐的时候,所有的顾虑便全打消了,他依然觉得那个打更的小屋最容易下手。不过他却改变了策略,为保不出现上次的情况,他告诫自己在行动前一定要观察明白,并计算好时间。果然,虽然下手的频度减小了,可安全性却大大增加。他没有想到这个老人的钱还不少,而且似乎对钱很不在乎,要不怎么丢了这么多次的钱都没有一点反应?

直到有一天,党建辉刚把手伸进那件衣服里,老人出现在门口,说:"孩子,你总这样下去也不是办法,我也没有太多的钱!"他闻言呆住,仿佛被施了定身术。老人坐在木床上,说:"每次都丢钱,你当我真的老到那么糊涂?自从你第一次进这个屋,我就发现钱不见了。以后又丢了很多次，起初我是想让你来顺腿好抓你，所以常在口袋里放些零钱。可当我在暗处偷偷守着的时候，一看见你的样子，就知道你是一个没有家的孩子，也就没忍心抓你。那以后我还是常往口袋里放钱让你拿，也希望有一天你能明白这不是办法。可是你却像从没想过这个问题，于是那次我闯进来，你说要水喝，我以为吓你一次你就不会再来了。可是也就隔了一个月的时间，你就又来了。又经过了这么多次之后，我今天再次闯进来，是想让你明白，靠这种手段弄钱不是办法！"党建辉艰难地问："你为什么要这么做？"老人说："因为我也是单身一个，一辈子没成家，从小没爹妈，老了没儿女，留着钱也没太大的用，所以用这种办法让你拿走我的钱，因为你需要钱。可我也知道这不是长久之计，孩子，我介绍你在这个工地上干活吧！你愿意吗？"党建辉的心中涌起久违的温暖，流着泪向老人讲了自己的事。

党建辉在工地上干了两年，一直和老人住在这个小屋里，而且一边干活一边学习，后来老人拿钱让他出去学技术。在哈尔滨学习的时候，他异常努力，对老人深怀着感恩之心，而且他也懂得了去帮助别人，常为自己所做过的事感到羞愧。有一天傍晚，他在松花江边散步时，遇见两个人抢劫一个单身女子，他冲上去救那女子。他挨了两刀，伤势很重。在医院里，老人赶来了，记者也赶来了。当问及他见义勇为的起因，他看着老人说："没有李大爷，我心里是不会有这种做好事的冲动的，是他把我从堕落的边缘拉回来，还帮我找活干，供我学习。他心好，我帮别人，就当报答他了！"李大爷却说："孩子，你的心本来就是一块金子，却一直藏在黑暗的角落里。我只是把光亮照进去，它就闪闪发光了！"

用心去温暖心，用爱去照亮爱，能直抵人心深处的，永远都是最美好的东西。宽容的心，博大的爱，能感染所有人的黯淡，从而使得他们能去爱更多的人。如此，这个世界上就会充满温暖和阳光！

送你一个树坑

有一个人一直生活在不得意之中,年近中年依然没有做出大的成就。他每天苦恼至极,回到家也不能将身心放松下来。因为妻子不能生育,五年前他们从孤儿院领养了一个男孩,现在已经八岁了。他心里一直不能接受这个男孩,总是无缘无故地冲他发火。男孩很乖巧,为了不惹爸爸生气,小小年纪便什么都会干了。

一天,他又闷闷不乐地回到家中,因为在单位刚刚进行的干部调整中,他又没有得到提升。这也许是他最后的机会了,毕竟已近中年了。刚一进家门,他看见小男孩正拿着一把铁锹在院子里挖坑,弄得一片狼藉。他一肚子火气立刻爆发了,上去夺下小男孩手中的锹,大声问:"你这是在干什么?"

小男孩怯怯地说:"爸爸,今天是您的生日,妈妈给您买了一棵常青树。我没有钱给您买什么东西,就挖个树坑给您当礼物吧!爸爸,您别生气,等栽完树我就把院子收拾干净!"

他的心一震,怔在那里好一会儿,脸上淌满了泪水。他们把常青树栽好,妻子让他站在树旁留个影,说祝他和这树一样常青。在这个院子里,他第一次有了家的感觉,心里暖暖的。同时他明白了一个道理,即使是一棵常青树,如果不把它栽到树坑里,它也会枯萎死亡。对于他来说,生命中缺少的正是使心灵常青的树坑啊!儿子的礼物令他终生难忘。

那以后他心里充满了阳光,家庭和睦,事业顺利,再也没有了苦恼。在接近中年之际,生活再一次向他打开了美好之门。

一个人的心态是可以影响行为结果的。心存冷漠,生活只会给你一堵冰冷的墙,心存感动,生活便充满灿烂的阳光。如果你的心还在雨季中徘徊,赶快雨过天晴吧,亮起心中的彩虹,美好的生活便近在咫尺。

而如今，隔着遥远的时空，一切只能在回忆中依依重现。而那屋檐下坐着的人，也已垂垂老矣。袅袅的炊烟是一种等待、一种期盼，而我却已无法时时归去，只能让魂梦夜夜飞渡。

父亲是我生命的帆

在我的眼中,父亲严厉得近乎冷酷。这也许和他的职业有关。我小的时候,他是镇上中学的教师,学生们都怕他。父亲在家里也不苟言笑,通常看书或写一些古体诗,那样的时候我们谁也不敢去打扰他。只是有一次父亲对我露出了难得一见的笑容,当时我正捧着他那本繁体的《唐诗三百首》在读,他破例地为我讲解了张九龄的《感遇》。虽然我还听不懂,可心里却充满了感动。

那时我只有八岁,之前一直以为父亲不爱我们,自从他对我笑过以后,我觉得他其实是很可亲的。可是不久,我心中的感动又被父亲打碎了。那是一个周六的下午,我没有课便随父亲去他的学校玩儿,由于在操场上看学生们踢球,放学铃声响起好半天我才想起去找父亲回家。见父亲不在办公室里,我向校外跑去,刚出校门就看见父亲骑自行车离去的背影。我大喊了几声,父亲没有回头,而是加快了蹬车的速度,很快消失在路的拐角处。没有办法我只好自己顺着来时的路往回走,心里很是害怕,十八里的路走完,到家时天已擦黑了。一进门我就哭了,父亲说:"都回来了还哭什么?闭嘴!"我不敢哭了,他又说:"你都八岁了,我六岁时就能自己去县里了!"虽然我心中抱怨,可那以后却能自己去镇上中学看踢球了。

上初中后,当我对各类书籍产生兴趣时,父亲的书柜便对我开放。那些日子我半懂不懂、生吞活剥地看了很多名著。终于有一天,父亲拿开我手上的书,说:"如果看到令你激动的地方,想一想人家是怎么用文字表达出来的,然后你不妨也试一试,这样书才没有白读。"我心里就像开了一扇窗,从此我的日记再不是流水账,多了许多生动的内容。

我想今天自己能走上文学创作这条路,离不开当初父亲的点拨。那时父亲也常投稿,文章常常被退回,可他一直坚持着。直到他不再当教师,为了家庭四处奔波时,才不得不放弃了心中的梦想。那时我已读高中,正对文学迷得如醉如痴,整天无病呻吟地写一些风花雪月的文章,然后一股脑儿地投寄出去,每天都活在希望与失望的交替之中。原本很优秀的学习成绩慢慢滑下来,可我心中却无怨无悔,认为成功总是要付出代价的。

高三的时候,别的同学都在惜时如金地复习功课,而我依然在涂抹那些"不见天日"的文章。这时候父亲已从外地调回,他不能容忍我在如此关键的时刻不分轻重,于是对我严加控制,甚至没收了我所有的课外书籍。可这无法阻止我内心的渴望,那些日子,我的创作转入了地下。那年高考,我不出所料地落榜了。命运很会捉弄人,得知落榜的那天,我生平第一次收到了发表我文章的样刊。那是一本《中学时代》,我发表的文章是《心痕》。看着这篇凝结着我无数期望与心血的文章,喜悦早已冲淡了高考失利的沮丧。当我把文章拿给父亲看时,原以为他一定会和我一样高兴,毕竟我实现了他一直未曾企及的梦想。可是父亲却将那本样刊撕得四散飞扬,他说:"当初我鼓励你写作,并不是为了让你付出学业的代价,你这样做得不偿失!从今天起,不许你写,连大学都考不上,还谈什么成为作家!"站在那里,我心中充满了愤恨。当时并没有去想父亲话中的道理,只是想他一定嫉妒我了,他为之努力了多年依然落空的梦却被我实现了,心里怎么会平衡?

夜里躺在床上辗转难眠。为了让自己的文学路走得更长久,看来只有先考上大学了,否则连父亲这关都过不了。一想到父亲撕那样刊时的情景,我的心很痛,更多的是愤慨,我一定要发表更多的文章给他看!第二天我焚烧了我一箱子的习作,然后找出书本便去补习班复读了。在补习班中我争分夺秒地复习着,整整一年的时间我没有再写过一篇文章,当然模拟考试语文的作文除外。当七月来临时,我的心中已充满了自信。

自从进补习班以来,我就住进了学校的宿舍,除了春节那几天,我再没有回过家,日常用品都是母亲给我送来。进考场前,许多考生的家长在门外守候着,我知道父母不会来。在考场上我答得得心应手,当考完最后一门,放下笔的刹那,心情竟出奇地平静。外面下着雨,走在雨里,忽然有了想流泪的冲动。

重拾搁置了一年的文学梦,经过一年的沉默,我的文章多了一份厚重。如今大学毕业五年了,我已在全国各大报刊发表文章,可我从不把文章拿给父亲看,我怕触动他的心,当年的事我一直不能释怀。毕业后我一直在外地工作,一年中回家的次数很少,常常想着退休的父亲过着一种怎样的生活,是否还在闲暇之时读书写文章?那一次回家,发现父亲已经不怎么读书了,经常坐在那里深思,点燃一支烟,飘散的烟气笼罩了他的暮年。看着这一情景,我的心中便充满了悲哀。一天早晨,在整理父亲的床时,我在枕头底下竟发现了当年的那本《中学时代》!母亲说,父亲当年撕过后就后悔了,用透明胶把那些碎片又粘起来,没事时便拿出来看我那篇文章,这些年一直这样。

我呆在那里，眼泪淌出来……

如今站在窗前，想着远方的父亲，心中又一次风起云涌。如果我行走在风雨的途中，父亲就是那个为我撑伞的人；如果我的生命是汪洋中的一叶小舟，父亲就是那使我前行的帆啊！

必须要还和绝不能欠

一个男人曾对我说过:"有些债必须要还!"其实,欠债还钱是天经地义的事,可正是这再正常不过的行为,现在仍有太多的人不去遵行。当今社会有些欠钱的是大爷,可见还债并非不能,而是不为。

和我说这话的男人,他所指的并不单是金钱债,而是指人情债。他也是这样去做的。他当年被下放到乡下,由于文弱,屡受折辱,是一个老汉挺身而出帮他,而且对他还有一次救命之恩。返城开始后,老汉又托人,使得他能第一批返城。许多年中他对老汉都念念不忘,可是他却并不像一般人那样逢年过节送钱送物地去看望。村里的人都说他忘恩负义,可他却不为所动。后来老汉的大儿子在城里被人打伤,又被诬陷故意杀人。在这危急的时刻,是他想尽办法,澄清事实,使老汉的儿子得以平安。

人们此刻才明白,他心里是记着这笔人情债的。他说:"人情债,要还在别人最需要的时候,那是平时的钱和物所不能抵偿的。虽然人情债不易还清,但必须是要还的!"

而成年以后,另一个男人也对我说过类似的话:"有些债绝不能欠!"乍一看,这两句话意思相似,实则有着本质的不同。不能欠就是本来就不欠,必须还是已经欠了的。我明白这个男人的意思,他所指的是良心债!金钱债易还,人情债也能还,唯独这良心债永远都无法偿还!一个人的良心上要是有所亏欠,那是一辈子都无法安心的。

这个男人也是恪守着这句话而活了大半辈子。他做事不亏心,不负人,宁可自己吃亏,也不让别人因他而受伤受损。他为人处世方方正正,一是一二是二,几十年来,没人能说出他的是非来!

第一个男人是我的父亲,第二个男人是我的岳父。他们按各自的信条去生活,都走出了一条宽阔的人生之路。父亲的重恩重义,岳父的磊落无私,异曲同工地走到了生命的同一高度。同时让我明白作为一个人立身于天地之间应该具备怎样的风骨。

能弄清楚什么是必须要还的,什么是绝不能欠的,是很重要的事。更重要的,是弄清之后要身体力行。有些人不是不明恩怨,也不是不懂是非,却是内心冷漠。所以说,必须要还和绝不能欠是一种刚正的人生态度。现今,能明白并做到这一点,是做人的底线,也是人生应有的基准。

电话，电话

一

有一次去一个朋友家吃饭，他租住的是一间很小的屋子，和房东老大娘对门。吃过饭，天已经快黑了，正闲聊着，忽听房东大娘在屋里打电话。声音很大，几乎是喊着："闺女，我这几天很好，前几天去检查身体，啥毛病没有！你在那边也要注意身体，天冷，多穿些……"和所有母亲一样，零零碎碎地叮嘱了许多。

朋友告诉我，大娘的耳朵不太好使，别人和她说话都要喊着，她才能听见，所以她说话也用这么大的嗓门儿。她女儿在外地，总听她打电话给女儿，每次都是说这些事儿。大娘还在那里说着，我却涌起一种感动，想到了自己的母亲。母亲也是总给我打电话，每次说的大概也都是这些内容。而我却总觉得这些内容翻来覆去说没有意义，因而很少主动打给母亲。

但是这此刻,我们都不再说话,倾耳听着大娘说着那些琐碎的事。我们都于无言中感受到了一种温暖,就像身处千里外的家中。忽然,大娘的话停了一下,我们以为电话结束了,这时不知大娘怎么弄的,就打开了免提,我们清楚地听见电话那边传来声音:"您好,您拨打的电话已停机。"我们都愕然,原来,大娘一直听不见那边在说什么,只是自己在说。

夜已经降临,大娘的声音仍在飘荡。

二

曾经在街上遇见过一个奇怪的人,四十多岁的样子,整天在垃圾箱里捡吃的,别人都说她精神失常。她时常有一个很怪异的举止,手里拿着一小块儿木头,若是看见路上有谁接电话,她就会把木头举在耳边,也叽里咕噜地说一通。

她拿着那块儿木头,显然也是当电话在打,大家都当成笑话看。我当时觉得挺奇怪,就走近了些,想听清她到底说些什么。听了半天,也只是零星地听懂几个字:"儿子……找……有车……小心……血……"在她极不清晰的语句中,只有"儿子"和"有车"说得最标准。

我努力地想通过有限的几个词去拼凑属于她的故事。无数种可能,却都无法完整呈现。可是我却相信,她虽然是一个精神不正常的人,做着别人不理解的事,但她却是一个母亲,也有着对孩子最无私的爱。

三

还有一个故事,也与母爱有关。

和朋友一起出去旅游,在山里正玩得高兴,一个同行的女孩却失声叫起来:"哎呀!我的手机不见了!"我们都帮她寻找,更是拿出电话拨打她的手机号,却是提示关机。她急得似要哭了,可是,这根本是不可能找得到的。我们都安慰她,说现在手机便宜,丢了就丢了,旧的不去新的不来,再买一个就是了。

女孩却着急地说:"我并不是心疼手机,我妈每天这个时间都要给我打电话,要是打不通,她会很着急的!"原来如此,有人拿出手机给她,让她快给妈妈回电话。电话打通了,女孩把丢手机的事说了一遍,不知母亲在那边说了什么,女孩说:"没有出事。谁绑架我呀!不信的话,包哥哥你熟悉吧?他就在我身边,你听听他说话就放心了!"

我接过电话,和她母亲解释了一下,她母亲这才放下心来。女孩不好意思地对我们说:"我妈就是担心我,还以为我被绑架了什么的,以为我是被逼着说的那些话!"我们都没有笑,这一刻,似乎都想起了自己的母亲。

绵绵思念岁月长

姥爷在我的记忆中永远是一个很高大的形象,颌下留着一缕长长的胡子,手中拿着一个烟斗,腰间挂着烟袋。缕缕的烟雾朦胧着那段岁月,夏夜里院子中姥爷烟斗上那点火光常常在不经意间点燃我所有的记忆。

姥爷是个木匠,十里八村谁家盖房子打家具什么的都找他,他打出来的家具结实美观,深受人们的喜爱。姥爷偶尔也给别人打寿材,那时还没推行火葬,因此有老人的人家一般都提前打一副寿材预备着。姥爷曾早早地为自己打了一副寿材,就放在我家的仓房里。后来同村的一个老太太去世,由于家穷买不起寿材,姥爷便将自己的那副送给了人家。

姥姥在我还没记事的时候就去世了,姥爷自己买了一个小房住,偶尔去几个舅舅家住些日子,来得最多的就是我家。他的小房前面是一大片菜园,他种了许多菜,一到夏天绿油油的一片。三舅家有一条大黑狗叫"大拔"。

它对姥爷极有感情，常常跑去姥爷的家里陪着他。大拔已经很老了，走路都很吃力。晚上的时候，姥爷在院子里抽烟，它就坐在姥爷身边，两只眼睛亮亮的。

村西边是一条小河，冬天的时候结了冰，那上面便成了孩子们的乐园。他们滑着爬犁或者穿着自制的滑冰鞋在冰上追逐打闹，而我通常是站在那里看着他们玩儿。一天姥爷来我家，坐了一会儿便拿了斧子和锯去了院子里，我们都不知道他要做些什么，因为他不做木工活已有好几年了。当他把一个滑冰车和一双滑冰鞋做好后，我简直欣喜若狂了。这是我一直想要拥有的啊！我在小伙伴们面前神气了好长时间，心里装满了对姥爷的感激。

有一天，大拔在去姥爷家的路上倒下了。它是老死的，一条狗能活上十七年应该算是奇迹了。姥爷沉默了好几天，在那些日子，我第一次发现姥爷原来是孤单而寂寞的。后来，姥爷病了，便把房子卖了，轮流在舅舅家住。他的病越来越严重，去医院检查，是肠癌晚期。姥爷知道自己的病情后，并没有怎么吃惊或绝望，还是和平常一样，早晨早早地起来出去散步，一袋袋地抽烟，在我家经常和父亲喝上几杯。姥爷有时会拿起我的课本看上一会儿。他的字写得很好，只是不常写，我还是有一次看他在麻袋上写自己的名字时发现的。他很关注我的学习，每次我在竞赛中获奖，他都会笑得很开心，笑起来长长的胡子一颤一颤的。

一年之后，随着病情的恶化，姥爷走路都困难了。给我留下最深刻印象的是一个黄昏，姥爷侧躺在我家的炕上抽烟。屋里没有开灯，烟斗上的火光忽明忽暗。当时我正在嗑瓜子，忽然心有所动，便给姥爷剥了一大堆瓜子仁。平时姥爷是不吃的，可这次却吃了，我心里忽然就涌起一种想哭的冲动。

后来，姥爷彻底地走不了了，甚至连饭也吃不了，每天只能喝鸡蛋水。那时他住在三舅家，有时候肚子疼得厉害，也没听到他呻吟过一声。表哥给买来最好的止疼药都不起作用了，亲人们看得心里难过，姥爷还要反过来安慰他们。

姥爷走的时候是一个夏日的午后，当时我正在野地里挖野菜，听到消息后忙跑回去。姥爷静静地睡在那里，所有的病痛都离他远去了。那是我记事以来第一次体味失去亲人的痛苦，伤心欲绝。姥爷就这样走了，带着我们无尽的怀念。

快二十年过去了，对姥爷的思念和眷恋一直伴随在我的成长岁月中，从未减淡。

让人心疼的愿望

和一些朋友相聚闲谈,就说起了各自母亲的事,凡是母亲健在的,都有着一种幸福,可见老话说得好,不管多大年纪,只要母亲在,就都是幸福的孩子。大家都觉得母亲们已经操了一辈子心,看着儿女成家立业,也该去享受晚年的安静与清闲了。

在我所有的亲属之中,舅妈是最为高寿的,今年已经九十三岁,而舅舅却已经去世了近三十年。舅妈家孩子多,我共有表哥表姐七人,如今在各行各业都混得风生水起,所以老太太都被各家当成老祖宗对待着,生活幸福、无忧无虑。去年过年的时候,舅妈的子女们都聚齐,那是一个很难得的盛大场面,儿孙满堂,几代人的心都维系在舅妈身上。舅妈特别高兴,还喝了一口酒,席间最小的孙女问:"奶奶,您在新的一年里还有什么愿望吗?"

大家全都安静下来,想听听老祖宗有什么愿望,一定要帮她实现。舅妈笑了,看着她的儿女们说:"愿望我倒是有一个,也是一直都有的。说句不该大过年时说的话,我就想着,如果有一天我死的时候,你们都能在!"大表哥说:"妈,你这说的什么话?我们不是一直都在你身边吗?!"舅妈很是慈爱地看着已经七十岁的大儿子,说:"我说的都能在,是你们都活着!特别是你,也这么大年纪了,身体还没有我好。要是我把你靠没了,我不得心疼死?!有时想想活太长时间也不是什么好事。你们的爸多好,在你们在时就走了!"

原来舅妈的愿望就是希望儿女们能活得比她久,希望在儿女都活着的时候闭上自己的眼睛。想起另一个亲戚,她虽然也算高寿,却是经历了两次白发人送黑发人,虽然生活富足,却是心境凄凉。要儿女们都活得好好的,是天下所有母亲共同的心愿。作为儿女的我们,能陪老母到最后也是尽孝到底。即使不能在榻前送终,只要我们健康地活着,母亲也能安心地长眠。

我把舅妈的事说给朋友们听,他们一时都沉默。其中一个人垂头良久,再抬头时竟是泪流满面。我们很惊讶,以为他母亲已经辞世,所以一时伤感。这个三十多岁的大男人哽咽着对我们说:"我原来嗜酒如命,每天都要醉上两场,那时我妈就总说我,我不听,有时喝醉了还和她吵,后来她一气之下回农村老家了,说不想看我天天半死不活的样子……我现在就去接她回来!"说完,他顾不得擦泪,匆匆出门而去。

忽然记起,有一次,大表哥不小心在客厅里滑了一跤,舅妈急忙跑上前去吃力地扶起他,一个劲儿地问:"儿啊,摔坏没有,哪里疼?怎么就不知道小心些呢?"那一刻,年近古稀的大表哥忽然就哭了。

第 5 辑

别踩疼了她的影子

思念在水阻山隔之外,魂梦夜夜归去的檐下,有着最亲切的容颜。尘梦劳劳,青鸟眷眷,千万里的路上,弥漫着永远的思念。夜里梦里,都是你的模样。你的笑容,是我今生最大的眷恋。

你们的地狱，我的天堂

她是在大学毕业的时候，才发现父母并非像她所看见的那样恩爱有加。虽然在她面前，他们还是表现得像以往那样慈祥和睦，可她的心里，再不会因此而涌起温暖的感动。她是在无意间看了父亲多年前的日记后，才明白以往的种种，都不过是他们在自己面前费尽心思的表演。她的心疼得无以复加。原来在这个家庭中，幸福的只是自己。

怎么一切突然之间就全变了呢？她仔细地回想成长中的点点滴滴，都是那么真实地横亘在记忆深处。七岁那年，她从炕上摔下来，跌断了胳膊。那时才刚刚上小学，她左臂吊在胸前的样子，惹来同学们无数次的嘲笑。回到家她大哭大闹，母亲对她说："这是上天照顾你，才让你的胳膊摔折的。你知道吗？骨头断了后再重新长合，会变得更有韧性，你的胳膊以后会变得比别人的更结实！"虽然她欣慰于这个理由，可依然不喜欢把胳膊吊在胸前的样子。第二天放学回来，她惊奇地发现，父母都把左臂吊在胸前。父亲说："我们也都和你一样了。放心吧孩子，用不了多久你就会好的！"那一刻，她小小的心中充满了温柔的感动。那些日子，他们一家三口就用一只胳膊生活，平添了许多乐趣。现在想来，那些时光竟成了最幸福的回忆。

还有一次，她和几个小朋友在外面玩儿，一路追逐打闹着竟远离了家门。后来，他们跑散了。等她反应过来的时候，那些小朋友已经跑得没了影儿，她才发现，自己根本不知道身在何处。她沿着一条条陌生的街道走着。在这么大的城市里，她还从没单独走出过这么远。夜色渐渐降下来，她又累又饿，恐惧充满了内心，最后她坐在一盏路灯下，无助地哭了。也不知过了多久，街上已经没有了行人。忽然，她看见父母从远处走过来，她兴奋地起身大叫。父母一看见她，脸上都有一种释然和喜悦，他们两个忽然就紧紧地拥抱在了一起，眼中闪着泪光。这个情景常在记忆中闪现，那样的一幕如此真情流露，怎么也看不出父母之间的感情裂痕。

她从父亲的日记中知晓，父母当年是自由恋爱而结合的，而在婚后何以会反目，父亲却没有提及。不过却写满着相互间的怨怼。他们背着她曾吵过无数次架，不知不觉两人之间的距离已经很大。他们也曾想过离婚，可面对女儿天真的笑脸,想到离婚后对女儿成长所造成的种种影响与伤害,终于隐忍下来,并约定在女儿面前,谁也不能把那份不和谐表现出来。

原来父母所做的一切,只是为了她的健康成长。她有一种深深的懊悔,为了自己,父母这样痛苦地在一起维系了二十几年。婚姻成了他们爱情的坟墓,而自己却紧抓着他们在这个坟墓中苦苦熬了这么多年。那些幸福的时光,那些父亲举着她、母亲说她是小天使的岁月,已如水月镜花般都成了虚幻的影子。一直以为是天堂一样的温馨的家,却是父母暗无天日的地狱。她想了很久,终于决定让他们解脱,自己已经长大成人了,他们也该去寻找自己的天堂了。

那一天,她对父母说:"爸爸妈妈,我知道你们为了我牺牲了自己的幸福,我永远感谢你们!是你们让我幸福快乐地成长,给了我那么多温暖。现在我已经长大了,你们离婚吧!虽然你们分开了,可你们对我的爱,对于我来说都是完整的,我还是会像在天堂里一样幸福!"

父母听完她的话,相视一笑,父亲说:"我们的小天使终于长大了,已经发现了我们的表演是假的。可是孩子,你只是了解了我们一半的事情。是的,我和你妈当初的确是走到了山穷水尽,也的确是为了你才没有选择分开，可后来的那些年中，我们在悉心抚养你的过程中，竟慢慢地重新认识和了解了对方。起初我们的亲密和睦都是演给你看的，可是到了后来，我们已经分不清有没有表演的性质了。直到你上大学走后，家里只剩下我们两个，在对你共同的想念中，我们已经重新习惯了对方、接受了对方，甚至比刚结婚时的感觉还要好。所以孩子，我们不会再分开了！这个家不是我们的地狱，是我们共同拥有的天堂。孩子，是你弥补了我们之间的裂痕，使它成了我们感情世界中最灿烂的点缀。这个天堂，是你给我们创造的！"

她早已听得泪雨纷飞，但这泪水却是最最幸福的泪水。她扑过去，紧紧地拥着父母，感觉生命中那对美丽的翅膀又已经张开，让她飞向最美好的未来。

别踩疼了她的影子

那是一个极偏僻的林区小镇,位于小兴安岭深处。也许是这里有未被污染的原始森林的缘故,到了盛夏季节,来采风旅游的人特别多。四面青山环绕,万木葱茏,把小镇映衬得如世外桃源一般。

虽是如此,这里还是极闭塞。大量的游客虽然也拉动了地方经济的增长,可是游人去后,人们依然过着简朴得近乎原始的生活。毕竟这里有着漫长的寒冷期。在那段时间里,小镇是与世隔绝的。所以这里除了旅店多,便再没什么了。

在一个阳光极明媚的上午,我们几个去游览当地有名的南山森林公园。公园的门前是一条极平整的山路,阳光直射其上,便越发觉得热。山路上的人也渐渐多起来,忽然很奇怪的两个人吸引了我们的目光。看样子是对母女。母亲三十多岁的模样,小女孩也就八九岁,她们穿得极破旧,就站在左侧的路旁。当人流走近她们,小女孩便跑上前去，和人们说着什么。人们都不解地看她，然后纷纷绕到旁边去。那女孩很着急的神情，看来是在乞讨。

待我们走近，女孩跑到我们面前，她红着脸说："叔叔们，你们能轻点儿走吗？轻点儿走过我妈身边！"我们全愣住了，而女孩似乎要流下泪来，说："求求你们了，你们别绕过去，轻点儿从我妈那儿走过去！"我和朋友们对视一眼，尽管充满了疑惑，还是放轻了脚步悄悄从那妇女身边走过。那妇女站在阳光下，脸上淌满了汗，很是憔悴。见我们这样做了，女孩开心地笑了。

我终于忍不住，折回到女孩身前，问："小姑娘，你这是在做什么呢？"女孩看了不远处的妈妈一眼，说："我和妈妈在给爸爸治病呢！"我更加奇怪："这样怎么能治病呢？你爸爸得了什么病呀？"女孩说："我爸这两年总咳嗽，还吐血，吃了挺多药也没好。后山的张婶说我爸的病是从我妈身上得的，说我妈气运太旺，要想我爸的病能治好，就得让一万个人踩过我妈的影子。可是，张婶说我妈的身体以后就会变弱了！"

我一时间呆住了，没想到这里竟闭塞、落后到这种程度！良久，我才问她："你们每天都来这儿？"女孩点了点头，说："快一个月了，可数来数去的，人数怎么也不够。我爸一点儿也没见好，张婶说是踩的人太少了！我们就天天来,在这儿一待一天。要是赶上阴天,我就很难过,因为我妈就没有影子了!"我回头看了看那个妇女,她站在那里又热又累,有些微微地摇晃,就对女孩说:"你怎么不去扶着妈妈,离这么远干什么?"女孩说:"我妈的身体真的是越来越弱了,是被人们踩的。我在这儿,就是想告诉走过来的人,轻点儿过,别把我妈的影子踩疼了!你看她多难受啊!"

那一瞬间,有一种东西在心底悄悄地涌动。女孩跑回妈妈身边,伸手给她擦了擦脸上的汗,又立刻闪到一边,把妈妈的影子让出来。她小心地凝望着从那影子上走过的每一双脚,有一种既心疼又无奈的神情,希望和痛苦都交织在她漆黑的眸子中。我轻轻地从她们身边走过,心里盛着温暖。是的,这个孩子,用她朴素的爱,浸润了我日渐麻木的生命。等赶上伙伴们时,回头望去,那两个身影被大片大片的阳光拥抱着,湮没于人群之中。

今年我又去了一次那个小镇,却再也没见到那对母女。想必女孩的爸爸病已经好了吧,他们一家欢乐地生活在这天涯一般的地方,再也不会因为影子而疼痛。这是我的祝福,也是我的希望。

最好的书桌

有一个女孩高考前因一场车祸而不能正常走路,因此她无法参加高考。当看到同学们收到大学录取通知书时兴奋的神情,她失落到了极点。在黯淡的日子里,是母亲一直陪伴着她,用无私的爱温暖她绝望的心。渐渐地,在母亲的帮助下,她可以抛开双拐慢慢地自己走路了。她心中的梦想又复活了。她要去复读,来年一定要考上大学。

那年冬天,每天她都去学校的补习班听课,冰天雪地的路上,是母亲搀扶着她。每天上课时,母亲都等在走廊里,冻得瑟瑟发抖,下课后再扶她回家。每天的路上,母女二人相携而行的身影已成为那个冬天最动人的风景。

有一天,补习班请了一个著名的教师来讲课,听课的人极多。待女孩来时,教室里已座无虚席,就连窗台上也坐满了人。母亲不放心,便同她一起进了教室,在墙角的空地上站着。开始讲课了,学生们纷纷拿出笔记本记笔记,因为是名师,所以有些东西必须做笔记。女孩也拿出了笔记本,可是却没有地方放,墙上都被占满了。这时,看着女儿着急的样子,母亲俯下身来,说:"快,把本子放在我的背上!"女孩眼含泪水在母亲的背上奋笔疾书着。一堂课一个小时下来,蹲在地上的母亲已经累得站不起来了。女孩哭了。

第二年,当女孩以优异的成绩考上大学时,她深情地拥抱着母亲久久不放开。她对别人说:"母亲的后背是我这一生用过的最好的书桌,没有母亲就没有我的今天!"

为了孩子,母亲宁愿俯下身来驮起所有的希望,让我们的心于感动中慢慢濡湿。岁月的重负终会压弯母亲的背,而我们又有几人能守在她的身旁?让我们用心记取并报答那份如山的母爱吧!就像那个女孩,心中永远珍藏着岁月深处那张最好的书桌!

爱是一张张的票根

我小时候,家里有个小盒子,里面装满了火车票。当时还是那种小硬纸片式的车票,很简单,起点终点票价,但每一张都包含着一段旅途的风尘。那些都是父亲用过的,虽然身在农村,父亲却去过许多地方,也在许多地方停留过。所以,每当我当着别人的面拿出那些车票,总会引来一阵赞叹声。

那时父亲在县里一个工程公司当会计,长年和工程队辗转各地施工。每年顶多回家两次,一次是夏天,一次是过年。那些车票就是那些年里父亲留下的,被我们放在一起。当时很羡慕父亲,可以去那么多地方,而我连火车还没坐过几次。在那个年代,一提到坐火车,就会想到遥远漫长的路途。

我记得第一次坐火车,是和父母去另一个县城看望亲戚。我当时十二岁,也买了一张火车票,只是不记得是不是半票了。当时手里捏着那张车票很激动,检票的时候看着工作人员在车票上剪了一个小小的缺口，竟有一种很神奇的感觉。看着绿皮火车长长地停在铁轨上，想象着它奔驰在大地上，而我在其中，就兴奋不已。我们还有座号的，父亲指给我看票上后印上去的红色数字，说那就是车厢号和座号。坐在那里，看着车窗外的景物飞逝，心里顿生自豪感，想着回去后怎么向伙伴们讲述，甚至能想象到他们羡慕的眼神。那张车票被我保存了很久，也是我向伙伴炫耀时的证据。

初中时搬进城里，此时对于火车已经不再稀奇，可是那份向往却一直没有变淡。此时的父亲在一个企业工作，更是经常出差，而且几乎都是到外省的城市。那时依然还是那种硬纸板车票，我们依然收藏着那些车票。有时候会翻出来，看着上面的城市名称，按着地图上的位置一一摆放，竟渐渐地有了中国地图的形状。那许多年，父亲的脚步不停地奔走，为这个家付出了太多的艰辛。在我们羡慕父亲的时候，他却总是说，每一次出去，都想着回家。在父亲的眼中，那些回家的车票有着更暖的温度。

当时有首流行歌曲叫《驿动的心》，其中唱道："曾经以为我的家/是一张张的票根/撕开后展开旅程/投入另外一个陌生……"年少的心总想着天高地阔自由飞翔，似乎远方总有一种召唤，似乎那一张小小的车票承载着无数的梦想。很喜欢曾经的绿皮火车，不是特别快，却晃晃悠悠地走过千山万水。不知多少次幻想坐着那样的火车，去远方，去心灵深处渴望的地方。

而当我第一次坐火车去远方时，却已不再是那种绿皮火车，那样的火车只在很短的距离内运行着。车票也不再是当初的小小的硬纸板，一切仿佛都变得陌生，与心中的想象格格不入。那是我去另一个省的省会，去大学报到，虽然车和车票都变了，可是远方没变，而且那时父亲还坐在我的身边，同我一起去学校。后来的后来，便都一直是自己，一直到毕业后的好些年，东奔西走，来来去去。那时才知道想家是怎样的感受，才明白当初父亲的话。

如今在远离故土的地方，遥远的老家里，不知道父亲当年的那些车票还在不在。那一片片小小的硬纸板，就像父亲留在岁月中的足迹。虽然我也走过许多地方，却一直在心底重叠着父亲的情怀。只是再没有了当年的老车票，让我心驰神往，念念不忘。

爱情里错过，只要真心付出过，没能走到一起也无憾。友情中的误解，经过努力终会消除。而亲情，而自己的父母，对他们造成的伤害却是永远无法弥补的。就算经过再长的岁月，那份悔与痛依然清晰如昨。

祖母的眼镜

祖母年轻时就近视，戴着厚边的近视镜，姑姑说是她少年时读书读近视的，父亲说是遗传的。我去问祖母，她自己也说不清楚。不过祖母的确喜欢读书，家里的藏书她大都看了，包括那些艰深乏味的哲学书籍。

有一次祖母又张罗着重配眼镜，每配一次度数就要增加很多。配好新眼镜后，祖母把原来的眼镜小心翼翼地放进了一个小木箱里，我过去一看，里面摆了几十副眼镜，那都是祖母用过的，祖母将它们收藏得好好的。

祖母一过七十就不再看书了，因为她已很难看清书上的小字了。有时邻家的人过来串门，她都看不清是谁了。我一买回新书来，祖母都要先拿过去，翻看几页便又还给我，轻声地叹息着。于是一有空我就给她念书听，祖母很高兴，逢人就说："我大孙子就是我的眼镜！"

祖母的视力越来越差，父亲想再为她换一副眼镜，可是到了配眼镜那里，祖母试了好几个度数都不行。后来店里的师傅对父亲说:"老人家年纪大了,就别配眼镜了,对眼睛也不好!"于是我们便回来了。那天祖母摘下她最后一副眼镜,说戴不戴都一样了。她把眼镜锁进了小木箱,动作缓慢而伤感。我跑过去对她说:"奶奶,我永远做你的眼镜!"祖母轻抚着我的头说:"好孩子!"

可是我没能守在祖母身旁做她的眼镜,一年后我去外地上了大学,后来又在外地参加了工作,一年也难得回去一次。在电话里听父亲说祖母的眼睛几乎什么也看不见了,毕竟年岁大了。当时我的心充满了想哭的冲动。

去年祖母过八十大寿,我赶了回去。叔叔、大爷、姑姑他们全都回来了。祖母在儿女们及孙子、孙女、外孙子、外孙女的簇拥下开心地笑着。奇怪的是,平时连人影都看不清的祖母,竟能看清我们,不会叫错任何一个人。这让我们深深地感动。

忽然明白,祖母之所以能看清她的儿孙们,是因为她的心里有一副眼镜啊!祖母对我们那份深深的爱,就是她永远清晰的眼镜啊!

最矮的父亲最高的爱

父亲的形象是从什么时候开始在心中低矮下去的呢？

孩提时仰视父亲的高大仿佛是昨天的事，只是刹那间，我就比父亲高出许多了。也许是那次学校开家长会，人群中的父亲还不到别人的肩膀，我心中才惊觉父亲是如此矮小。那天回去后我一直闷闷不乐，而父亲也再没去参加过家长会。

在父亲矮小的身躯里仿佛蕴藏着不竭的能量，每天都为了工作而奔忙，夜里还要写文章。只是那时还不能体悟他怎样艰难地将一个家慢慢托起。在少年的我的眼中，父亲只是一个平凡得不能再平凡的人。

当我的个子和父亲一般高时，坐在父亲肩上的岁月便一去不复返了。有时我怀疑自己是否真的曾坐在父亲的肩上，记忆中的父亲是那样地高大，在他肩上所看到的世界也是那样地宽广。中学时的一天夜里，我突发重病，父亲立刻背起我去医院。那是一个很黑很黑的夜，伏在父亲的肩上，头脑中一会儿清晰一会儿糊涂。耳边是父亲沉重的脚步声，睁开眼睛，从父亲的肩上向前看去，远处的一抹灯光蓦地划亮了我的心，于是感动纷纷洒落在心间，眼泪悄然滑了下来。

收到大学录取通知书后，父亲的高兴让我的心一阵阵地濡湿。于是我对他说："爸，你送我去学校吧！"父亲迟疑了一下，点头答应了。到了学校，父亲不想进校门，说在外面找个旅馆住一宿，明天就回去。我的心一阵悸动，知道父亲是怕他的矮小会使我在同学面前觉得丢人。于是我拉着父亲进了学校，向那些新认识的同学介绍："这是我爸爸！"父亲一个劲儿地笑着，眼睛湿湿的。那一刻我的心无比释然，原来那次家长会后我的愧疚竟持续了这么多年！

第二天父亲便回去了，走时执意不让我去送他，我只能看着他走出校门。父亲渐行渐远的身影在泪光中忽然高大起来，仿佛又回到童年仰视父亲的年代。心中忽然就风起云涌，所有被忽略的点点滴滴刹那间都清晰无比，于是心便温柔地疼痛起来。

多年以后我才在泪眼蒙眬中感悟，是矮小的父亲用他最无私的爱，把我的生命托举到最高。

母亲的戒指

小时候家里穷,所以在小朋友们的面前没有可以炫耀的东西,更多的时候我只是远远地观望。

有一次我去一个小朋友家玩儿,他妈妈正摆弄一个金戒指。于是他问我:"没见过戒指吧?"我忽然想起母亲也曾戴过这东西,于是说:"怎么没见过?我妈有好几个呢!有黄的有白的,平时都不戴!"他不信,我便把他领回家。我问母亲:"妈,把你的那些戒指拿出来给他看看!"母亲一愣,说:"我哪有什么戒指啊?"我说:"就是你做针线活时戴在手上的那个!"

母亲笑了,从针线盒里拿出了她的那几个戒指,小朋友一看哈哈大笑起来,说:"这不是顶针吗?"我不禁大为失望,对母亲说:"真穷,连戒指都没有!"母亲只是微笑地看着我。

在那以后的许多岁月中,母亲依然戴着她的顶针给我们做衣服纳鞋底,我也渐渐地感到了母亲的艰辛,于是很为自己说她的话而愧疚。而母亲仿佛早已忘了那件事，一如既往地给我们不变的爱和关怀。

参加工作后一直想给母亲买个戒指，这已成为我心中多年的一个愿望。可是母亲不要，说她的手只适合戴顶针，那才是她最喜欢的"戒指"啊！我曾仔细地看过母亲保存的那些顶针。时光流逝，有的顶针上面的小眼儿已经磨平。想着母亲在那么多的夜里缝缝补补的情景，心总会于感动中慢慢濡湿。母亲就是这样把她的爱一针一线地缝补进成长的岁月，缝补进我们的心中。

现在母亲有时依然会做些针线活儿，那样的时刻，她手指上的顶针便会刺痛我的双眼，让我的心涌起无尽的爱与感动！

最感人的一句话

市里电视台举办了一次"征集最感人的一句话"的活动,应征的信件和短信有数千条之多。其中有儿女对父母的感恩,有恋人间的真情告白,有朋友间暖心的祝愿。经过工作人员认真地审阅评选,最终有十句话入围。然后这十句话在电视台上播出,由观众投票选出最感人的一句话。最后一位六十七岁老人所说的一句话以得票最多而荣登榜首。

电视台为老人做了一期专访,主持人问她:"您是在什么样的情况下说出这句话的呢?"

老人说:"那是去年的时候,我儿子的公司倒闭了。我只有这么一个儿子,从小他就很优秀。大学毕业后在政府机关工作,一开始还挺顺利的,连连获得提升。可后来就不行了,工作越来越不顺心,最后索性辞职下了海,自己开了一家公司。他的公司也曾红火了一阵子,可由于他心眼儿太实,被朋友坑了,落了个一无所有的结果。那天,一向好强的他突然抱住我的腿哭了,对我说:'妈,我对不住你,你这么大年纪了还要为我操心上火,可我却没能让你过上几年真正的好日子!'当时我抚着他的头说,孩子,妈不求你大富大贵,你在生活的大风大浪中能平平安安,就是你的福分,也是妈的福分!"

就是这么朴实的一句话,引起了太多父母的共鸣,也感动了太多儿女的心。想起了老人们常说的一句话,平安是福!真的,老人们对儿女最大的心愿就是永远平安,在他们呵护着我们长大,在他们那一声声的叮咛嘱咐中,那份心愿就已根植在他们心中了。

在电视机前,我像观看直播的所有做儿女的人一样,淌了一脸的泪水。

妈妈,请好好活着

在一个闷热的夏日午后,我读到了一位七十一岁老妇写给母亲的信:"妈:转眼间我已古稀之年了,请千万仍然活着。我渴望有机会与你见面——我此生仍然继续尽力寻找你!"

我流泪了。

在这个世界上流浪了二十几个春秋,我第一次这样刻骨铭心地想念妈妈。童年的时候,游戏在孤儿院中的高墙下,还不知自己的生活缺少了一种怎样温柔的色彩;年少的时候,在书本上明白了母爱的定义,可单调的释义文字怎能打动我孤寂的心?可是,在这个夏日的午后,我的心墙被那封短信轰然撞倒,妈妈,你再不是我心底遥远的梦,我要找到你,在这个充满阳光的世界上,你一定在某个地方冲我微笑。

窗前的杏树结下了青涩的果子,花圃里的花朵正争奇斗艳。妈妈,你是在乡间的土地上劳动吗?戴着一顶草帽，在太阳下汗水湿透了衣衫；还是在机器轰鸣的工厂里紧张地工作？为了家庭整日奔波忙碌。妈妈，无论你在哪一方土地上，我的思念从此围绕着你！我不怨恨你将我抛弃，我只感谢你给了我美丽的生命，祝福你好好地活着，让我有一天能找到你。

妈妈，我有兄弟姐妹吗？在母爱的天空下，他们该是最幸福的云彩。我孤独地哭泣时，多希望有一只手温柔地拍着我的背。妈妈，好好活着，给我留着最温暖的怀抱，就算有一天我老态龙钟，我还会在你的怀里哭泣，让脸上的皱纹里盛满泪水与幸福。

妈妈，童年时一次生重病，梦里拥着我的是你吗？二十几年了，受委屈时我只能躲进夜里、躲进心里、躲进梦里。你在梦里见过我吗？大街上如织的人流中，那些牵着手的母亲，脸上挂着慈祥的笑，其中有你吗？妈妈，请你好好活着，因为他们告诉我你已不在人世了，有一天我要拉着你的手去反驳他们。

妈妈，你别太操劳，别让岁月侵蚀你健康的身体，当我见到你时，你的憔悴会刺痛我的心。杏花开了又谢，小草绿了又黄，行走的风景中我渴望有一种爱来撞痛我的生命。我不会停止追求的脚步，除非春天杏花不红、小草不绿，除非夜空中星辰不再闪亮，除非孤枕畔不再有温柔的梦。妈妈，请你好好活着，让我的希望永远燃烧！

二十几年了，也许你的青丝已变白发，当我找到你，无论面对怎样陌生的容颜，我的心都会战栗不已，因为那是我最亲的妈妈！

妈妈，请你好好活着，只要你的心在，只要我的心在，就算天涯海角，就算岁月沧桑，我也会来到你的身边，扑进你的怀里，变成世界上最幸福的孩子！

神奇的枕头

她是这所大学里最安静的学生，来自边远小城，只知学习，从不花前月下，也不参加各种活动。大家都知道她家境贫寒，而她却能将学校的各种奖学金尽收囊中。在她的安静中，大家竟分辨不出那是一种自卑还是自信。

寝室里住着四个女生，她是其中之一，总是默默地发呆，安静地回来安静地出去，也常常听其他人说话，偶尔静静地笑。那三个室友对她也极友好，她们发现她特别依恋床上的那个枕头，只要一躺下，她便将半边脸贴在枕头上，轻轻地闭上眼睛，脸上带着温柔的笑意，仿佛那只枕头有着神奇的魔力。

室友有时问她为什么这样喜欢依偎这只枕头，她也只是笑笑不答。她不在的时候，室友们曾试过那只枕头，除了极柔软之外，却也没有什么特别之处。

快毕业的时候，她当着室友的面打开了那只枕头，在里面的最上层，竟是一束头发！那头发很长，夹杂着一些白发。面对室友不解的目光,她告诉她们,这是她母亲的头发。

她母亲六年前就去世了。母亲为这个家操劳了半辈子,一天好日子也没过上。后来却得了病,脑袋里长了肿瘤,恶性的。治疗时要剃光头发,她就是那时把母亲的头发收藏起来的。母亲去世以后,她每天晚上都要把那束头发放在胸前,仿佛母亲还在身边。那时她正读高中,有了母亲的头发,她的心便能平静下来,从而更专心地学习。

上大学后,她便把母亲的头发放进了枕头里,每个夜里,她便在那种柔软的亲切中入睡,梦里都是逝去的美好时光。

那束头发,一丝丝温暖着她的心,使得她的思念也萦萦绕绕,她便越发觉得母亲的爱一直在心底,是那样的绵长,让自己的生命温暖无比。

在废墟里守望家园

一直以来,对于家园都有着一种特殊的情感,也许,这是所有人与生俱来的一种精神守望。当那所熟悉的房子、那种温暖的氛围一朝破碎,该会是一种什么样的心境?

前年我去黑龙江的一个小镇采访,那里刚刚发生过一场最大规模的泥石流,山脚下的许多房屋被摧毁,满目苍凉。流离失所的人们眼中所流露出的,是无奈与惋惜,而更多的,是一种我无法解读的东西,直入人心,有着震撼的力量。我徘徊在那一片废墟之中,想象着这里曾经的欢乐与美满,顿生慨叹之意。

忽然,在斜阳晚照之中,我看见几个孩子正坐在不远处的石头上,低头聚拢着不知在干什么,然后便起身四散而去。我走过去,见那些石头之上,用粉笔画了许多东西。我逐一细看,有拼音,有歪歪斜斜的汉字,还有简单的古诗句。而在一些石头上,还画着一些房子,笔法虽极稚嫩，但炊烟袅袅，倒也画出了几分家的温馨。我想，这里都曾是那些孩子的家吧，而画的这些画，也一定是他们心中未来的家园了。那一瞬间，荒凉的废墟之上便升腾起一种希望。我也忽然明白，在那些受灾人眼中我所不能解读的，也正是希望的光芒。

这是我对家园的第一次深刻感悟，虽然家已不复为家，可只要有希望，更美的家园终会建成。人不但肉体上需要一个家，在精神上也要有一个家园，那是心灵和梦想的憩息之地，那里总可以生长出美好的希望和温暖的力量。

我有一个朋友，许多年来他不知跌倒过多少次，灾难挫折接踵而至，生活穷困劳碌，梦想支离破碎。而让我惊讶甚至震动的，是他双眸中永不熄灭的那一点光芒。是的，他不管在怎样的际遇之中，都不曾隐没脸上的笑容。他的笑容不仅温暖了自己，也感染着他人。我曾问过他，许许多多的事都失败了，许许多多的梦都散了，是什么支撑着他一路走过来。当时他微笑着告诉我，就算残酷的现实撕裂许多梦想，可他的心却永远完好如初。

当一个人的物质生活走到山穷水尽，当所有的努力都竹篮打水，能让他脸上依然微笑的，只有那美丽的精神家园了。即使行走于断壁残垣之中，心灵深处的那所房子却永远屹立不倒，透出最明亮的灯火。那是美好的希望所在，那是一种最崇高的守望，而脚下的废墟之中，终会耸起一座最美的家园。

我喜欢在回望家园时心中涌起的激情与感动，也喜欢在黑暗之中让心灵的灯光照亮眼前的路。家园，无论是肉体还是精神上的，都弥足珍贵，常使我能于黯淡的际遇之中，鼓起对明天的勇气！

风般清,水般静

月光透过窗子斜斜地投在对面的墙上,她悄悄从床上坐起,循着光影去看天上的半轮月。只有这样静谧的时分,她才能开启心扉,让隐秘的心事飞散,让朦胧的月色涌入。

她原本拥有着那样平静的生活,只是两年前的一场火,把所有的往昔全烧成了灰烬。那时,十六岁的她生活在东北平原上的一个小村里,上着初中,长得漂亮,学习也好,家庭条件也还过得去。只是在一个傍晚,她在做过饭后,将剩下的柴火抱回院墙外的柴火垛里,转身没走上几步,火就着起来了。她惊叫一声,扑回柴火垛。

在这个离故乡几千里的城市,她已经挣扎着生活了近两年。工厂里所有认识她的人,都会注意到,无论冬夏,她都戴着手套。是的,她不敢把双手展露在别人面前,那已经不能算是一双手了吧,和她的人形成极鲜明的对比。她整日默默,独来独往。对她而言,友情和爱情只是一种传说。

她早就发现了家里最大的秘密。一个早起的清晨,她看见母亲将一个铁盒子塞进了柴火垛里。没人的时候,她曾偷偷打开过那个铁盒,家里所有的钱都在里面!那时她的心里是兴奋和幸福的,原来家里有这么多钱。她也曾想过,把钱藏在柴火垛里,会不安全吧!所以,见到火着起的时候,她一下子就想到了那个铁盒,虽然等她跑到近前火已燃成一片,她还是毫不犹豫地把手伸了进去。

打工的日子是艰苦的。那些疲累不仅仅是来自工作,漂亮的女孩子,总会有些麻烦的。有些人还别有用心地接近她,虽然她用冷漠保护着自己,可风言风语四起,那种压力,甚于身体上的倦。也有女同事的嫉妒与敌视,还有种种关于她的猜测。能享受平静的时刻,只有寂寂的午夜。每隔一段时间,她都要乘几个小时的火车去相邻的一个城市,把一些钱寄回家里,再匆匆赶回,只为不让家人找到自己。

当她的手抓到那个铁盒时,一阵刺心的痛险些使她晕厥。可她没有放手,硬是将它捧了出来。人们都跑过来,火很快熄灭,她哭着对母亲说:"妈,是我不小心弄着火的,这个盒子我抢出来了!"母亲打开还烫手的铁盒,里面飞扬出一片片纸灰,还有一些零碎的边边角角。盒子落到地上，母亲仰天倒地。父亲的拳脚也雨点般落在她身上，还有世上最难听的辱骂。她在地上翻滚，没有人注意到她的手。

也曾有男人真心地喜欢她、追求她，她只是无语，慢慢地脱下手套，将两手平静地伸到他们面前，然后转身离去。也曾希望身后的人能出声将她挽留，可看到他们眼中那一刻的震骇，她就已经将自己的门锁死了。她租住在城市边缘的一间小土房里，无人知道的时刻，她翻烂了的，是从家里带出的初中课本。与其说那是一种希望，不如说是一种怀念、一种祭奠。

她在被父亲殴打的时候，围观的人没有一个出来拉开父亲，那些指责声却清晰地传入耳中。而母亲，所有的钱一下全没了，竟病倒。那一刻，她心上的痛使得手上的痛和身上的痛没有了知觉。父亲打够了之后，她趁着没人注意的时候，来到村外的河边。头顶的月亮正圆，映得河水亮亮的，如脸上淌着的泪。有风吹过，带来庄稼的清香，风将平静的河水刺得支离破碎。

她常常会回想起那夜的风和小河。于是她喜欢在大风天跑到城郊的山上去，在无边的浩荡里任思绪飞扬。也喜欢闲暇时去城南的河畔，坐在那里，看一河流水静静东去。那风中，蕴含着千般感觉，或芬芳，或温暖，哪怕寒冷，哪怕尘沙，风依然那般清，在看不见的周围无处不在。而那河水，平平静静中却长流不绝。

终是没有死成。虽然父亲向她道歉，虽然母亲为她流泪，但她养好双手之后，依然离开了家。那时候对父母就已经没有了怨怼，有的，只是一种疼痛。她发誓一定要把烧掉的钱挣回来，可是自己无忧的青春、无瑕的双手，却再也找不回来了。

那一天下班后，她在工厂的门口竟看到了两个熟悉的身影。两年时光，如一张纸翻过，他们终究还是找来了。刹那间，她痛哭失声，多苦多累都不曾掉过一滴泪的她，那一刻泪如泉涌。

终于回到家中，一切都没有改变。父母在寻她的同时，并没有荒了生计，他们不想让女儿回来后，看到一个破败的没有希望的家。母亲拿出一本红红的存折，说："我再不把钱往柴火垛里藏了！要是早这样，你的手……"

她笑出了两行泪。站在昔日的河边，风清水静，仿佛什么都一如从前。只是暗香浮动，水逝无痕，生活依旧温暖。

你让爱了不起

在冠达露泊·昆塔尼拉二十七岁的时候，她一生中最难忘的时刻到来了。那一天，两个儿子所在小学的校长对她说："你的两个儿子反应很迟钝，我们只好把他们编入与他们能力相当的阅读小组里去了。"

昆塔尼拉的心忽然一阵悲哀，因为她自己也是一直被列入反应迟钝之列的。她出生在墨西哥，十三岁的时候，父亲带她去学校，由于英语测验成绩很差，因此被编入一年级。在一年级上了四个月后，由于处处觉得低人一等，她便辍学了。十六岁的时候，她便与一位美籍医生结了婚。如今两个孩子被列入低能者，她年少时的自卑再次涌上心头。可是她知道儿子们是聪明的，只是由于他们的英语不好才受到影响的。于是，她开始自学英语，想帮孩子们一把。二十七岁的她死啃教科书，硬背字典，可是进步却慢得使人灰心。她下了另一个决心，那就是重新去上学！

她去拜访了一位中学教育顾问,那人的答复让她绝望:"你的履历表明你反应迟钝,智力低下,我不能推荐你!"泪流满面地回到家,可看到孩子们时,心里又涌起了希望,她对自己说,不要泄气!她又去找孩子们的校长,述说了自己的想法。意想不到的是,校长建议她上布朗司维尔市二年制的得克萨斯南方学院试试。她兴奋地去了南方学院,该学院的登记员为她强烈的求知欲所感动,便答应让她去上四门基础课。不过却有个要求,如果考试不及格就要走人。

昆塔尼拉的求学生活开始了。每天她乘车去学校,还要赶回来为丈夫和公公婆婆做午饭,接着赶回学校,然后再回家接孩子们放学。可即使这样,她的学习效果仍然十分明显,事实证明她的接受能力很强。第一学期,她受到院长的器重,在院长的鼓励下,她的成绩大幅度上升。随着学习的深入,她发现了一个激动人心的新世界,就是知识和技术的世界。她忽然觉得自己应该有一个大学学位。于是一年后她进入了位于埃登堡的潘·美洲大学,那儿离布朗司维尔有七十英里,她每周二、四两天坐车去那儿上课,每周一、三、五仍在得克萨斯南方学院上学。三年后,她取得了初级学院学位,还以优异的成绩取得了潘·美洲大学的理科学士学位。

孩子们终于发现了母亲的与众不同,因为一般的美籍墨西哥母亲都不上大学。他们钦佩母亲,在她的鼓励和感染下,孩子们各方面的能力都迅速提高,自信心也增强了,不但转到了正常的班级上课,而且成绩也是名列前茅。

1971年的时候,昆塔尼拉被授予西班牙文学硕士学位。当豪斯登大学发起新的墨西哥美国文化研究运动时,她被任命为终身理事。她很快适应了行政管理方面的工作,新的工作又促使她去攻读博士学位。1973和1974两年是她最忙碌的时候,除专职行政工作和攻读博士的全部学业外,她继续在大学任教,并每周给基督教女青年会夜校上两次课。1977年,她取得博士学位后,接受了颇具威望的美国教育委员会一年的会员资格。她是有史以来第一个成为该委员会会员的拉丁美洲妇女。1981年,她又被提升为拥有三万一千名学生的豪斯登大学的教务长助理。

此后,昆塔尼拉又赢得了许多荣誉,可是在她的心底,没有什么比对孩子的爱更深的了,事实上她也是为了孩子才会有今天的结果的。她当年被看成是反应迟钝的两个儿子,一个是著名的内科医生,一个是律师。他们曾对人说:"假如说我们有所作为,那是因为我的母亲给了我们爱抚、自信和支持,使我们能够有所作为。我觉得上帝一直抚摸着我们,而我的母亲便是上帝的手!"

昆塔尼拉也曾多次对孩子们说过:"在这个世界上,没有人可以说你不行,除非你自己放弃努力!"

是啊,只要你不放弃希望与努力,还会有什么做不到的?

家庭地址

上大学的时候,我是班上的宣传委员,工作之一便是给同学们分发信件。特别是大一的时候,每个人的信都特别多,那信大多是家书和高中同学间的信件往来。每个同学接到信都特别兴奋,可见第一次离开家乡,大家对亲人是多么地想念。

我发现有个叫沈晓丹的女生信特别多,每周都能收到好几封。我知道都是家书,因为信都是从沈阳的同一个地址寄出的。记得当初自我介绍时,她就说过她的家在沈阳。可是,这家书也太多了些吧,看信封上的字迹,还不是一个人的。我曾问过沈晓丹,她浅浅地一笑,说:"我家的弟弟妹妹多,他们都爱给我写信!"

沈晓丹是一个极安静的女孩,平时话说得很少,课余时间就喜欢看书,经常可以在图书馆看见她的身影。而且,我还总能在校外的书店遇见她,每次她都买一些书。她说给弟弟妹妹们邮回去,他们特别喜欢看书。她的钱大部分都用在了买书和买信封、邮票上。我问她:"为什么要每个人都写回信呢?写一封就完全可以呀!"她说:"不行,他们每个人都有自己的心事对我讲,我必须单独给他们回信。而且,每次回信我都要在信中夹寄一张邮票,他们哪有钱买邮票给我写信啊!"我说:"你对弟弟妹妹们可真好!"她点头说:"是的,我爱他们,永远都是!"

后来,在一次填表格时,要求写上父母的情况,我才震惊地发现,沈晓丹的父母早就过世了。忽然明白为什么她对弟弟妹妹们那么好,而弟弟妹妹们又是那样地依赖她,原来,他们一直是相依为命的啊!

随着时间的推移,同学们写信的热情大大地减少,只有沈晓丹依然是家书不断,一直到毕业都是这样。毕业时收拾东西时,她的信竟装了满满一箱子,她像收藏宝贝一样保存着那些信。她毕业后回了沈阳,据说做了一名教师。

毕业三年后的一天,我在网上闲逛,并信手整理着一些以前的日记本。忽然在一个本子上发现了大学时班上的通讯录,第一个就是沈晓丹,因为当初看惯了她的那些家书信封上的地址,便记了下来。三年了,本以为一切都淡忘了,此时那些往事重又涌上来。于是我在搜索引擎里输入了沈晓丹家的地址,我木雕泥塑般面对着电脑显示器,内心却风起云涌。忽然记起了不久前曾在同学录上看到沈晓丹的一则留言:"这个班级也是我的家,你们也是我最亲爱的兄弟姐妹,我想念你们!"

在电脑上的搜索结果中,沈晓丹的家庭地址,赫然显示着:"沈阳市××孤儿院!"

原来,她和她的那些弟弟妹妹们,都是孤儿!

父亲是我心中永远的太阳

小时候，我们都愿意围着父亲转。他有永远也讲不完的故事，而且从不打骂我们。有时就算我们犯了错，他也只是通过一两个小故事让我们明白自己的错误。父亲极其博学，天文地理、古今中外无不涉猎，无论我们问哪方面的问题，他都能讲出一大堆东西来，这让我们崇拜至极。有一次他给我们讲太阳的形成和死亡，我们都听得入了神，母亲在一旁笑着说："你爸就是太阳，你们就是行星，都围着他转！"

那时候觉得母亲的形容太贴切了，父亲有太阳般的热情，有太阳般的伟大，最主要的，我们都围着他转。冬天我们围在炉火边听他讲《卖火柴的小女孩》，夏天我们坐在星光下听他讲《牛郎织女》，日子就这样在四季的轮回更替中过去了。慢慢长大的我们也慢慢远离着父亲，有时遇见不懂的事也不再去问他，而是自己在他浩如烟海的藏书中寻找答案。那时我们看不见父亲失落的眼神，只是发现他一天比一天地沉默了。

我上初中的时候，两个姐姐去市里读高中了，住校，一个月才能回来一次。家里更冷清了，父亲每天下班后便看书，或者一个人出去散步。那时我正为了考重点高中而努力学习，也很少有闲暇和父亲聊天。只是有一次，我写一篇关于居里夫人的文章，想找一下她在阿尔卑斯山上和爱因斯坦的那番对话，翻遍了家中的藏书也没能找到。于是便去问父亲，父亲低头略想了一下，便开始给我讲那段伟大的对话，看得出来父亲有些激动，我听得也充满了感动。

我读高中以后也是住校，此时两个姐姐已在外地上大学，家中只剩下父亲和母亲。那年暑假，正赶上父亲过生日，我们都在家，一起为父亲庆祝生日。那天父亲喝了酒，话也比平时多，我们都像小时候一样围坐在他身旁，听他讲我们小时候的事。最后，父亲对我们说："还记得爸爸当初给你们讲的太阳的故事吧！爸爸现在就是太阳的晚年了，应该是红巨星阶段，能量快耗尽了，你们已从我这里学不到什么了！"他的语气中充满落寞之意。大姐说："不是，爸爸，您还是壮年，您的光芒依然照着我们前面的路，我们会一直围着您转！"父亲抚着我们的头笑了，我们的心里充满了濡湿的感动。

后来我去离家很远的城市上大学，姐姐们已参加了工作，都在家乡的小城，这对父亲是一个很大的安慰。我毕业后去了离家四百公里的城市工作，一年也难得回去一次。只能常打电话给父亲。此时两个姐姐都已结婚，而且各自为工作忙碌着，虽然离父亲近却也很少回去。说起这些，父亲的语气中有着一丝隐隐的伤感。

我回家结的婚，那些日子全家都在一起，济济一堂，父亲乐得合不拢嘴。婚假快结束时，我和妻子要回去了，那天父亲对我们说："爸爸现在进入白矮星阶段了，已没有足够的引力来束缚你们，虽然你们还在围着我转，却会越来越远了！"那一刻父亲的白发刺痛了我的双眼，我们的心里涩涩的不是滋味。

那年父亲因一场重病住进了医院，我们全赶了回去。病床前，父亲拉着我们的手说："孩子们，爸爸可能要进入黑矮星阶段了，所有能量消耗殆尽，你们将再也看不见我，也再不会围绕着我旋转了！以后你们都将各自成为恒星成为太阳，好好地给那些围绕着你们的人光芒和爱吧！"二姐哭着说："不是，爸爸，太阳还有五十亿年的寿命呢，你也还能再活五十年的！我们离开了你，就找不到方向了。爸爸，你会好起来的！"

父亲的病好后，我和妻子就回到家乡工作了，和父母住在一起。姐姐和姐夫也常带着孩子回来,家里时常洋溢着合家欢乐的气氛。两个小外甥女像我们小时候一样,整日缠着她们的外公,让他讲故事。父亲此时已退休,便每日给两个孩子辅导功课,给她们讲故事。有时我们也在一旁听着,就像回到了童年一样。

去年父亲过生日时,大姐对父亲说:"爸,你看,你现在的引力更大了,原来只有我们三个行星围着你转,现在可好,大大小小有八个了!你永远是我们的太阳啊!"父亲笑了,我们也笑着,心中暖暖的!

幸好还有希望

小约翰决定出去闯荡的时候,父亲没有阻拦他。在这之前,他们父子俩曾多次讨论过这样一个问题:在这个世界上,什么东西能够医治一切烦恼?小约翰说:"一切烦恼说到底都是因为金钱,所以金钱才是万能的灵药!"为此他与父亲争论过多次。离家前,父亲塞给他一个信封,说:"在你最烦恼的时候,它或许可以帮助你!"小约翰掂了掂信封,轻蔑地说:"我宁愿这里面是一张支票,爸爸,除了这个,别的对我也许没用!"父亲说:"随你怎么想吧!但你一定要到最烦恼的时候才能打开它!"

小约翰来到纽约后,费了好大劲才找到一个最底层的工作,为了生活而苦苦挣扎着。这期间他曾有过许许多多的烦恼,不过他都能自己想办法解决。这些烦恼不外乎劳动量大薪水低等等,归根到底是因为金钱。他在心里默念:如果有钱这一切都不会存在。爸爸,我已在生活中证实了自己的观点!于是,小约翰为了赚钱而努力着,他要用切身体会再次证明金钱的力量。

四年以后，小约翰终于拥有了自己的公司，一度过着华衣美食的生活。奢华无忧之余他会可怜父亲，他那些和清贫一起坚守的东西多么苍白无力！后来，一个叫琼斯的姑娘加盟到他的公司，这使他眼睛一亮，忽然觉得自己缺的只有爱情了。最后他坠入了情网，把公司交给副总打理，整日和琼斯谈情说爱。

终于有一天，他的琼斯不见了，一起消失的还有公司副总。他查看公司的账目，发现不仅账目混乱不堪，而且公司账户上的钱也被提空了。他一下子蒙了，头脑一片空白，世界仿佛颠倒了过来。

小约翰又一无所有了，深深的烦恼之余，他忽然想起离家前父亲给他的信封，便翻箱倒柜地找起来。当他把那薄薄的信封拿在手上时，心中不停地念着："千万别是支票！千万别是支票！"因为他觉得，现在即使给他再多的钱，他也不会快乐起来！他撕开信封，里面有一张纸，只写着一句话：

"幸好还有希望！"

小约翰看了两遍，那句话就像一团火，点燃了心中的希望。是啊，只要有希望，还怕什么烦恼？他拨通了家里的电话，说："爸爸，您是对的，希望才是治愈一切烦恼的灵药！"

吃下带虫子的菜

最近，他发现妈妈似乎越来越心不在焉，总是丢三落四，还常常发呆。最明显的，就是菜做得一天比一天难吃，这和妈妈从前的厨艺相比简直判若云泥。

爸爸一直沉默着，不管妈妈做出的菜有多难吃，他都闷头吃尽。可他是一个十四岁的孩子，无法当作没有分别，有时也会埋怨几句，却也总是在爸爸的斥责和妈妈的请求声中把菜吃下。渐渐地也就习惯了，虽然还是会怀念以前的美味，却已能安心咽下那些菜肴。

可是，事情似乎朝着更坏的方向发展，他发现妈妈的菜洗得越来越不干净了，常常会在盘子里挑出未摘下的枯黄的菜叶。他提出抗议，得到的结果却是照吃不误。直到有一天，他在菜中发现了一条极大的虫子，终于忍不住，放下碗筷罢餐！他觉得再吃下去一定会呕吐，因为他从小就怕各种虫子，而且看到虫子就会说不出地恶心。他爸爸揪着他的衣领把他拖到餐桌旁，说："吃！如果这顿不吃,以后永远也别吃!"妈妈带着歉意地说:"吃吧,下次我一定挑干净!"他苦着脸,咽药般吃着菜,而虫子就摆在那里,爸爸又喝道:"如果敢吐出来,我就揍你!"强忍着吃完饭,他跑到没人的地方吐了个天昏地暗。

以后,经常会在菜里吃出虫子来,他便也渐渐地不觉得那么恶心了。到得后来,发现虫子,只是拣出来扔掉,继续吃那并不美味的菜,心中再无一丝波动。有一天,爸爸对他说:"如果不想再从菜里吃出虫子,有一个办法,那就是你自己洗菜!"他答应了,毕竟菜无论好吃难吃,还是要洗干净才好。于是每天他都把菜洗好,有时甚至像模像样地切好,看着妈妈下锅翻炒。

又过了些时日,妈妈病了,却也坚持着做饭,只是味道比原来更差了些,时常忘了放盐。这次没等爸爸开口,他便主动要求学习炒菜,而且颇有一种跃跃欲试的劲头。每天看着妈妈炒菜,他自觉已经熟悉了全部过程。于是信心十足地下了厨,可是炒出来的菜,连自己都没有勇气吃第二口,爸爸更是直接摔了筷子,而妈妈却大口地吃着,就像很香甜似的。

许多天之后,他渐渐地掌握了一些技巧,做出的菜也好多了,至少能赶上妈妈后期的水平了。而此时的妈妈,已病重,饭都要端到床上去吃。他也知道妈妈时间不多了，伤心之余，便努力地学做菜，想让妈妈吃上自己做得最好吃的菜。可妈妈终是没有等到，就去了。

半年过去，后妈进了门，对他也说不上好坏，反正是一种很不自然的感觉。后妈做的第一顿饭，他就从菜里吃出了一条虫子，他仿佛没看见般，继续吃。后妈本自尴尬，见如此，心中也安定下来。一旁的爸爸提着的心也放了下来。虽然菜做得很一般，甚至有些难吃，可他也会吃掉。吃过饭回到房间，他躺在床上哭了一场，想起妈妈曾经做过的菜，虽然也难吃，却更让人怀念。

第二天，他便开始给后妈洗菜。第二个月，他开始做菜。他做的菜已经相当出色，让后妈很是满意，爸爸也高兴。也正因为如此，一直挺讨厌他的后妈渐渐转变了看法，虽然还谈不上喜欢，至少能平静地生活在同一屋檐下。

一个夜里，他梦见妈妈还在的时候，他从菜里吃出虫子，在爸爸的威胁和妈妈的恳求下，继续吃下那些菜。醒来后，泪水湿透了枕巾。妈妈早知道她要去了，她知道只有母亲才能包容孩子的抱怨，所以有了那一切。他望向窗外的夜空，仿佛看到了妈妈欣慰的笑。这一刻，他知道自己长大了。

躺着的瀑布

秋阳高高地照着两岸的茂草,松花江在这里略略转了下身,然后加快了脚步,向东滚滚流去。那是近三十年前的秋天,祖父在江边的大甸子上,挥舞着长长的钐刀,高高的草便成片倒下,断裂的细茎里流淌出细碎的阳光,染黄了祖父的脸。

那个下午,我和祖父坐在大坝上,看着这一段江水沸腾着远去,涛声拍打着辽阔的两岸,惊起无边游走的风儿。这个时候,祖父忽然问我:"前些日子听别人说瀑布。瀑布是什么,我只知道也是水,你知道吗?"

祖父在说瀑布这两个字的时候很轻,似乎很不确定发音的样子。刚十岁的我,便努力把从书本上学到的有着瀑布的种种讲给祖父听,祖父却依然是很疑惑的样子,根本无法想象,水怎么能像布一样从山上流下来,还说如果从上往下落,不就是像下雨时房檐淌下的水吗?

那时的我,也没有见过真正的瀑布。那个瞬间,我也无法回答祖父的追问。在盈耳的涛声里，在浩荡的长风中，看着祖父低眉思索的神情，心里便暗暗决定，等长大了，一定要带着祖父去看真正的瀑布。

夏天的时候，祖父在大草甸上开荒种地。中午时，便会到江里游泳。在那急急的水面上，他奋力游向对岸，阳光掺着盛开的浪花，簇拥在他的身上。六十岁的人，却似年轻的鱼，在风浪里畅游。祖父的身体很好，虽然操劳了一辈子，却没有落下什么老病。

祖父是一个很平静的人，似乎也没什么棱角或过人之处。黄昏的时候，他和村里的老人们围坐在井台边，别人或高谈阔论，或相互打趣，只有他默默地听着，烟袋锅里的火光明灭不定。他从不争强好胜，也从没有被生活逼到无路可走的地步，所以一生都那么平凡平淡。

那时，家里人口多，叔叔伯伯们都生活在一个大院里。看着这满院的生机，再看着静默的祖父，很难想象，这一切都是他创造出来的。祖父的子女多，有许多年都很艰难，可是他从不沿一条道跑到黑，总是在看似快绝望的时刻，转而去另一处寻找活路。就像那条江水，临近无路的悬崖时，常常转个弯，继续奔腾，便也没有机会飞落成瀑布。

后来，去城里上中学，时光在我身上鲜活，却在祖父的脸上刻下更深的印痕。当再一次和祖父坐在大坝上,我已经能很明白地给祖父讲瀑布是怎么回事。可是,看着江水流逝,祖父的目光依然迷蒙,很远又很近。忽然,我有了一个全新的想法,便急急地告诉祖父,瀑布就是站着的江,而咱这一段江水,就是躺着的瀑布。祖父的眼睛亮起来,他站起身,凝望着江水,久久不语。

只是,再也没有机会带祖父去看瀑布。一直健康的祖父突然病倒,然后一病不起。只不到半年的时间,便永远地去了。他的生命之河到了尽头。我知道,在河的另一端,有一片海在等着他。他已经融入那一片未知,再也不会回来。

祖父的一生,并不惊天动地,普通得不能再普通。可是他带着他的岁月,曾穿越了多少幽暗的时光。他是智慧的,不去选择走到悬崖边上的悲壮与豪情,不去摔落成别人眼中的震惊,他就那样流淌着,转过无数人生的弯道,平稳而不停息。

祖父就长眠在大草甸的边缘,松花江畔,日夜的流水声,已成我心底永远的呼唤。祖父和他的大江,就驻守着故土。只是,曾经所有的日子,伴着祖父的笑容,都在祖父去世的那一年走到尽头,然后轰然而下,在心底垂落,垂落,如瀑布般,惊起那么多的温暖与眷恋。